LIBERATI

MÓNICA BENÍTEZ

CAPITOLO 1

<u>**Olga**</u>

Venne il giorno, il giorno e l'ora, ed io stavo lì, ferma di fronte alla porta dello studio della psicologa, indecisa se suonare e presentarmi all'appuntamento che avevo preso, oppure voltarmi e correre via per non tornarci più. Era stato molto difficile per me arrivare alla decisione di prendere un appuntamento, soprattutto perché non sapevo bene cosa le avrei detto, non sapevo nemmeno se quello che mi stava succedendo fosse un problema, e se lo fosse stato davvero, dubitavo che lei sarebbe stata in grado di aiutarmi. Ma stavo cominciando a essere un po' preoccupata, e anche disperata.

Mi presento, mi chiamo Olga, sono la responsabile delle Risorse Umane in un'azienda automobilistica e ho appena compiuto trentanove anni. Vivo da sola, non ho animali domestici e sono abbastanza solitaria. Ho rotto con il mio ultimo partner due anni fa e da allora non sono più stata con nessuno, nemmeno per una scopata occasionale.

Perché ho preso un appuntamento con una psicologa? Perché credo di essere diventata improvvisamente dipendente dal sesso, o è così o sto uscendo fuori di testa. E considerando che il sesso non è mai stato una delle mie priorità, è una cosa che mi preoccupa abbastanza, ad essere onesti. Non fraintendetemi, mi piace il sesso, ma posso farne benissimo a meno, quando ero in coppia non avevo bisogno di farlo tutti i giorni, anzi un paio di volte o tre alla settimana erano sempre più che sufficienti. Per tutto il tempo in cui sono stata sola mi sono masturbata, naturalmente, ma me la cavavo con un orgasmo a settimana, dico "cavavo" perché era così fino a un paio di mesi fa.

Per quanto riguarda il tipo di relazioni, sono sempre stata molto pudica, ho sempre fatto le cose basilari senza sperimentare più di tanto, un po' noiosa diciamo.

Un giorno, all'improvviso, mi sono svegliata terribilmente eccitata, e bene, ho risolto da sola come ero solita fare. Il problema è che dopo sono andata al lavoro e la mia eccitazione ha fatto di nuovo la sua comparsa senza il mio permesso, e non era un'eccitazione qualsiasi, ma una di quelle che non ti lasciano pensare in modo chiaro, che ti annebbiano la mente e gli occhi, che ti fanno bagnare le mutande senza pietà, che ti rendono difficile respirare e che se non rimedi al più presto non faranno che aumentare fino a farti male.

Quel giorno la mia mente divenne perversa, non riuscivo a smettere di immaginare di fare sesso con una donna. Tutto quello a cui non avevo pensato in trentanove anni, lo stavo pensando in una mattina che mi sembrava infinita. Immaginavo di accarezzare il suo sesso, di leccarlo avidamente, con foga, e che lei facesse lo stesso a me, di chiederle di masturbarsi mentre io guardavo, che mi penetrasse e mi facesse urlare inconsolabilmente, che mi parlasse mentre lo faceva, che mi guardasse mentre venivo, insomma, ogni genere di cose e situazioni, e la maggior parte di esse non le avevo neanche mai praticate. E se non lo avevo fatto, perché cazzo erano nella mia mente?

L'unica cosa non fuori luogo era che tutti quei pensieri avevano come protagonista una donna. Fino ai trent'anni avevo vissuto in una bugia a cui avevo cercato di credere più e più volte, e fino ad allora ero sempre stata con uomini senza quasi mai godermi il sesso, per non dire mai. Mi eccitavo solamente se mi toccavano e anche in quel caso facevo fatica. Dicevo a me stessa che la mia mancanza di interesse nei loro confronti era dovuta al fatto che non avevo ancora incontrato quello giusto, quello che mi avrebbe fatto fremere e provare un bell'orgasmo.

A trent'anni riuscii ad avere per la prima volta un orgasmo profondo, solo che non fu con un uomo, ma con una donna. Lei arrivò nella mia vita all'improvviso e io me ne innamorai perdutamente, sentivo le sue carezze come qualcosa di squisito e piacevole, gli orgasmi erano lunghi e intensi, naturalmente non c'era paragone con quello che provavo con gli uomini, o meglio, con quello che non provavo. Siamo state insieme per un paio d'anni finché non ci siamo lasciate, dopo di che sono stata con un'altra donna per altri due anni. E, beh, anche questa è finita e sono rimasta di nuovo da sola.

Quel giorno arrivai a casa disperata e, varcata la porta, mi masturbai sconsolatamente in mezzo al corridoio, ero bagnatissima e il mio clitoride era gonfio e pulsante. Non ho dovuto nemmeno sforzarmi troppo, appena mi toccai un po' con un'intensità che non riuscivo a controllare, venni. Mi sedetti sul pavimento mentre riprendevo fiato, non riuscivo a credere a quello che mi era successo, e diciamo che era stato uno schifo perché avevo passato una mattinata terribile al lavoro, ma in fondo mi era piaciuto, e l'orgasmo era uno dei migliori che avessi mai avuto masturbandomi.

Pensai che fosse qualcosa di ormonale, che avessi avuto una tremenda eccitazione e basta, non volevo dargli troppa importanza, ma il giorno dopo il mio problema si ripeté, e quello dopo ancora, e ancora. Fino ad allora non avevo smesso, ero stata come un animale in calore per due mesi, avevo pensieri lascivi tutto il tempo, mi masturbavo almeno una volta al giorno e in certe occasioni anche tre. Potete dire quello che volete, ma non mi sembrava normale. Non ero mai stata così attiva, né avevo mai provato quel tipo di desiderio così irrefrenabile. In quei due mesi mi ero dovuta nascondere quattro volte nei bagni del lavoro per liberarmi, perché pensavo che sarei esplosa in mezzo all'ufficio.

Mi sentivo così eccitata che a volte avevo paura che i miei colleghi lo notassero dal mio sguardo. Lo notavo io stessa, c'erano momenti in cui facevo fatica a concentrarmi perché la mia mente vagava nei pensieri, mi distraevo dalle conversazioni e facevo errori perché non riuscivo a focalizzarmi sul mio lavoro. Ero molto ansiosa, tanto che a volte avevo difficoltà a dormire e dovevo prendere un rilassante muscolare per riuscire a prendere sonno.

Pensai a tre possibili opzioni per risolvere il mio problema:

Opzione uno: andare dal mio medico di base, ma come potevo spiegare a un uomo di quasi sessant'anni che ero arrapata quasi ventiquattro ore su ventiquattro? Visita dal medico scartata.

Opzione due: un'amica. Avevo delle amiche, ma con nessuna di loro avevo abbastanza confidenza per raccontare una cosa del genere. Quindi anche questa scartata.

Opzione tre, quella definitiva: qualche settimana prima, una collega di lavoro mi aveva detto che era andata da una psicologa perché le cose non andavano bene nel suo matrimonio, non era una psicologa che si occupava di questi problemi in particolare, ma diceva che l'aveva aiutata parecchio. Così, con la scusa che avevo un'amica nella stessa situazione, le avevo chiesto il numero. Era ovvio che il mio problema doveva essere qualcosa di mentale, qualcosa che non andava in me, e siccome ero apertamente lesbica e i miei pensieri riguardavano le donne, mi sarei sentita molto più a mio agio a spiegarlo a una donna che non a un uomo.

Fu così che un pomeriggio mi feci coraggio e decisi di chiamare per richiedere un appuntamento, ed eccomi lì, a tremare come una foglia. Che cazzo le avrei detto se mi avesse chiesto il motivo della mia visita? Non mi consideravo una donna timida, ma ero molto riservata quando si trattava di parlare di sesso. Non pensavo che sarei sopravvissuta a quell'appuntamento ma, se non avessi rimediato al mio problema, uno di quei giorni la mia eccitazione avrebbe finito per uccidermi. Quindi, qualsiasi cosa facessi, ero fottuta.

Suonai il campanello e il portone si aprì in un attimo. Senza pensarci due volte, perché se l'avessi fatto mi sarei sicuramente rifiutata, presi l'ascensore fino al terzo piano e bussai alla porta. La mia collega mi aveva detto che la psicologa aveva lo studio nel suo appartamento, ed era un po' strano pensare che accanto al suo ufficio c'era probabilmente il letto dove dormiva.

«Olga Marcos?», mi chiese la receptionist, facendomi entrare.

Era piuttosto attraente, doveva avere circa trent'anni e profumava di fragole. Poteva tranquillamente essere la protagonista di uno dei miei tanti pensieri perversi. Speravo solo che almeno la psicologa fosse un orco, anche se non mi importava granché, perché i miei pensieri stavano facendo la loro comparsa ignorando completamente chi mi stava di fronte.

Fino a quel momento avevo trovato solo un metodo efficace per controllarmi e scacciare tutti quei pensieri dalla mia testa, la distrazione, ma non una qualsiasi, doveva essere qualcosa che mi distraesse per davvero, come una conversazione interessante, avere molto lavoro da fare, o anche tenere le mani impegnate. Ad esempio, ultimamente mi ero divorata alcuni tutorial su YouTube e avevo imparato a fare il macramè, sì, ero disperata fino a quel punto. Dovevo concentrarmi così tanto per far passare quel cazzo di filo nel posto giusto che non c'era spazio per nessun altro pensiero nella mia testa. La mia sala da pranzo era piena di quei braccialetti, e magari un giorno mi ci sarei impiccata se non avessi trovato una soluzione al mio problema.

«Sì, sono Olga», risposi un po' nervosa.

«Perfetto, io sono Andrea. Accomodati qui, vado un attimo in bagno e poi ci spostiamo nel mio studio».

Cosa? Lei era la psicologa? La verità è che non avevo davvero pensato a come sarebbe stata, ma suppongo che mi aspettavo una donna sui quaranta o cinquant'anni, non so, qualcuno con più esperienza, qualcuno che avesse visto di tutto durante la sua lunga carriera, ma questa ragazza che esperienza poteva avere?

Come potevo parlare di questa cosa a qualcuno con cui sarei andata a letto ad occhi chiusi? Decisi di andarmene.

«Te ne vai?», la sentii dire.

Suppongo che ci misi troppo a prendere la decisione e lei ebbe il tempo di uscire dal bagno. Ero sorpresa che mi desse del tu, ma lo preferivo, mi faceva sentire un po' più a mio agio.

«Sì, non credo sia una buona idea, non credo tu possa aiutarmi, senza offesa».

«Quindi sei una che scappa, wow, non è l'impressione che mi hai dato quando sei entrata».

«E che impressione ti ho dato, se posso chiedere?», domandai, strizzando gli occhi.

«Beh, quella di una persona che pensa di avere un problema e che è disposta a fare un passo per risolverlo».

Rimasi in silenzio, a pensare. Aveva ragione, volevo risolvere il problema, ma non ero sicura che la giovane Andrea fosse la persona adatta per aiutarmi a farlo.

«Facciamo una cosa, concedimi dieci minuti del tuo tempo, se poi pensi ancora che io non possa aiutarti, ti accompagnerò io stessa alla porta, ma almeno provaci».

Era molto sicura di sé, mi guardava come se fosse convinta di potermi aiutare, si era appoggiata al tavolo dell'ingresso e mi sorrideva in attesa, sapendo che avrei ceduto, che avrebbe vinto, e questo mi faceva incazzare, ma era vero, aveva vinto.

«Va bene, dieci minuti».

«D'accordo, entra e siediti, per favore».

L'ufficio non era molto grande e suppongo che mi fossi immaginata in uno di quei tipici studi che si vedono nei film, distesa su un divano mentre lei prendeva appunti dalla sua comoda sedia. Invece, c'era un tavolo con la sua poltrona da un lato e la mia dall'altro, però almeno aveva un quaderno e una penna.

«Vuoi un po' d'acqua?», mi chiese mentre apriva una bottiglia che aveva preso da una credenza.

«No grazie, sto bene così».

«Ok, Olga, cosa ti preoccupa? Perché sei qui?»

La guardai negli occhi, cercando di concentrarmi perché ogni volta che lei smetteva di parlarmi venivo nuovamente travolta dai pensieri, e iniziavo a sentirmi di nuovo eccitata, agitata e nervosa. Non sapevo nemmeno da dove cominciare per spiegarle il mio problema, non riuscivo a concentrarmi.

«A cosa stai pensando?»

"Credimi, non lo vuoi sapere"

«Non so davvero come spiegare cosa mi stia succedendo senza sembrare pazza».

«Dubito che tu sia pazza, e sono sicura che non è così terribile. Perché non riassumi il tuo problema in una breve frase, o non gli dai un titolo? Quello che ti viene più semplice, poi lo analizziamo man mano».

Ok, questo poteva rendermi le cose più facili, anche se non dovetti sforzarmi molto per pensare, avevo già quella breve frase nella mia mente da un po', infatti, erano solo tre parole, e proprio mentre suonavo il campanello senza pensare, avevo aperto la bocca e le avevo fatte uscire.

«Dipendente dal sesso».

Non potei fare a meno di guardarla dopo aver detto quella cosa. Mi aspettavo un suo sguardo, un sorrisetto malizioso, una faccia sorpresa, qualcosa che indicasse che stava ridendo di me, ma non fece nulla di tutto ciò. Non si scompose minimamente, si limitò soltanto a scrivere qualcosa sul suo quaderno e poi tornò a guardarmi come se nulla fosse.

«Sei dipendente dal sesso?»

«Credo di sì».

«Lo credi davvero?»

«Non dovresti essere tu quella che fa le diagnosi?», chiesi sulla difensiva.

«Quindi sei qui perché pensi di essere dipendente dal sesso e vuoi che io te ne dia conferma?»

«Voglio solo che mi tu mi dica che diavolo mi sta succedendo, cazzo...».

Non volevo essere sgradevole e maleducata, ma mi stavo davvero innervosendo.

«Va bene, Olga, calmati».

«Mi dispiace», dissi sconvolta.

«Non fa niente. Perché credi di essere dipendente dal sesso?»

«Perché passo la maggior parte della giornata eccitata, la mia mente non smette, non riesco a concentrarmi, a volte non vedo nemmeno chi mi sta di fronte, sono preda dei miei stessi pensieri».

Mi imbarazzava molto quella conversazione, ma d'altra parte mi sono sentii liberata dal fatto di poter finalmente spiegare a qualcuno quello che mi stava succedendo, e penso che sia stata la decisione giusta farlo con qualcuno che non conoscevo.

«Sei eccitata ora?»

«Sì».

Sospirò e tornò a prendere appunti.

«Da quanto tempo va avanti?»

«Da circa due mesi».

«E non ti è mai successo prima?»

«Mai».

«È successo qualcosa due mesi fa? Qualcosa di diverso nella tua vita, non deve per forza avere a che fare con il sesso, solo qualche cambiamento importante, qualsiasi cosa che pensi possa averti influenzato».

«No, la mia vita di due mesi fa è la stessa di adesso o di un anno fa, non è cambiato nulla».

«Va bene. Hai una relazione?»

«No, sono single».

«Da quanto tempo sei single?»

«Da due anni, più o meno».

«In questo periodo non sei stata con nessuno? Qualche avventura o storia di una notte?»

«No, non ho fatto sesso con nessuno in tutto questo tempo».

Inarcò le sopracciglia senza guardarmi, che diavolo significava?

«Ho capito che ti masturbi per scaricare la tensione», disse, alzando lo sguardo dal suo quaderno per concentrarsi su di me fugacemente.

«Sì».

«E questo ti soddisfa?

«Beh, dipende di quale periodo stiamo parlando», risposi brontolando, «se stiamo parlando di più di due mesi fa, sì, sì che mi soddisfaceva. Se parliamo da quel momento fino ad oggi, no, niente è abbastanza per soddisfare i miei istinti più primordiali».

«Olga, non sto cercando di metterti a disagio o di offenderti, sto solo cercando di trovare una ragione a quello che ti sta succedendo, e ci sono momenti in cui la masturbazione non è sufficiente. Con quale frequenza ti masturbavi prima?»

«Una volta alla settimana, a volte due, ma di solito una».

«Com'era la tua vita sessuale in coppia? Normale, pigra, attiva, molto attiva?»

«Direi normale, anche se credo che dipenda da cosa si intende per *"normale"*».

Naturalmente parlare di sesso e masturbazione non mi stava aiutando per niente in quel momento, mi sentivo bagnata da un po' e avvertivo delle piccole e frequenti contrazioni nel mio sesso. Inoltre, il fatto che la donna di fronte a me fosse attraente non migliorava di certo la situazione tra le mie gambe.

«Quante volte alla settimana?»

«Due o tre».

«Beh, possiamo dire normale, sì. Era sufficiente per te?»

«Sì».

«Beh, tu dici che la tua mente non smette. Non smette di fare che?»

«Di immaginare cose, cose sessuali naturalmente, tutto il tempo, passo le mattine al lavoro cercando di trovare qualcosa che mi distragga, ma il più delle volte non ci riesco, la gente mi parla e io non la ascolto nemmeno perché i miei pensieri mi eccitano così tanto che non riesco a pensare ad altro».

«E anche a casa sei invasa da questi pensieri?»

«Sì, ma è diverso, è più facile».

«Perché è più facile?»

"Cazzo"

«Perché a casa posso masturbarmi, mi libero e mi rilasso, posso stare tranquilla per qualche ora».

«Quindi potremmo dire che gran parte del problema consiste nel fatto quei pensieri ti invadono al lavoro e lì non ti puoi liberare, devi sopportare le otto ore in quello stato».

«Sì, fondamentalmente è così, sono arrivata a livelli così estremi che ho dovuto chiudermi nei bagni perché pensavo che l'eccitazione mi avrebbe ucciso, mi faceva male».

«C'è qualcuno al lavoro che può provocare quell'eccitazione, o quei pensieri? Qualcuno da cui sei attratta?»

«No, nessuno».

«Sei sicura? A volte la mente è molto infida».

«Certo, siamo solo in quattro nel mio ufficio, una donna più anziana e due uomini, e il personale è tutto maschile».

«Beh, mi sembra un'enorme gamma di possibilità».

«Non lo è, scusami, ho dimenticato di menzionare un dettaglio, non mi piacciono gli uomini, e la donna più anziana non è nemmeno il mio tipo, quindi ti assicuro che non c'è nessuno lì che mi possa suscitare quei pensieri».

«Va bene, parlami di questi pensieri», disse, fissando i suoi occhi su di me.

«Cosa?»

«Che tipo di pensieri sono? Cosa accade in essi? Ti garantisco che non mi scandalizzerò Olga, anch'io ho un'immaginazione, te lo assicuro».

«Mi immagino con una donna a fare di tutto, e la maggior parte di queste cose non le ho mai fatte nella realtà, sono sempre stata molto formale nel sesso, per così dire».

«Vuoi dire mancanza di improvvisazione? Fare giusto il necessario? Ciò che viene considerato normale?»

«Qualcosa del genere, io ti tocco, tu mi tocchi, veniamo e poco altro», risposi imbarazzata.

«E il sesso orale? Nemmeno?»

«Solo una volta ogni tanto».

«Capisco, ma nei tuoi pensieri la cosa è più movimentata, c'è qualcosa in più dei semplici toccamenti, vero? Vuoi parlarmene un po'? Non c'è bisogno di entrare nei dettagli, basta che mi dia un'idea».

Sospirai profondamente, perché nel momento in cui mi riportò alla mia mente disturbata, lei divenne la protagonista delle scene, e mi bastò guardarla per qualche secondo per immaginarmela nuda, facendo e lasciandosi fare di tutto, senza alcun freno.

«Beh, sì, il sesso orale è abbastanza presente nei miei pensieri. Mi immagino lei che mi sussurra mentre me lo fa in qualsiasi posizione o in qualsiasi luogo, oppure che si masturba su mia richiesta mentre io guardo, non so, Andrea, non ho mai fatto questo genere di cose, non capisco come la mia mente possa immaginarsi tutto ciò».

«Non preoccuparti, ci arriveremo più tardi».

«Più tardi? Hai già una diagnosi?»

«Beh, più che una diagnosi, credo di avere una teoria sul perché ti stia succedendo quello che ti sta succedendo, ma vorrei farti qualche altra domanda per esserne sicura».

«Va bene».

«E quella donna, la protagonista delle tue scene, ha un volto?»

«Normalmente, no, non ho bisogno di un volto preciso, so solo che è una donna, posso vedere il suo corpo che soddisfa le mie richieste, posso anche sentire chiaramente i suoi gemiti».

Lei annuì.

«Sai che sono passati tre quarti d'ora da quando mi hai concesso i tuoi dieci minuti?», disse con un chiaro sorriso vittorioso.

Guardai l'orologio, era vero, mi ero lasciata trasportare dalla mia angoscia e poco a poco questa donna era riuscita a farmi parlare.

«Non volevo offenderti prima, è solo che ti ho visto troppo giovane per capire una cosa del genere».

«Pensi che non mi piaccia il sesso o che non mi masturbi? Mi piace vivere il sesso senza pregiudizi. Siamo donne Olga, abbiamo tutte le stesse esigenze, anche se alcune fanno più fatica di altre a interpretarle».

Cosa stava insinuando, che avevo dei pregiudizi, che non mi godevo la mia sessualità? Mi arrabbiai di nuovo per due motivi, il primo perché improvvisamente mi resi conto che questa donna poteva avere ragione, e il secondo perché sentirla parlare del suo interesse per il sesso mi aveva eccitato troppo, più di quanto lo fossi già, il mio corpo stava raggiungendo uno di quei momenti in cui aveva disperatamente bisogno di scaricare la tensione.

«Che cosa vuoi dire?», chiesi con una certa difficoltà a respirare.

«Non ti sei mai soffermata a pensare che la tua mente immagina queste cose perché è quello che vuoi veramente? Penso che per qualche ragione ti sia trattenuta inconsciamente per tutti questi anni, forse perché pensavi che certe cose fossero malviste o perverse, non so. Penso che l'unica cosa che ti sta succedendo è che il tuo corpo si sta rivelando e pretende tutto quello che gli hai negato, sai che i problemi sessuali o coniugali non sono la mia specialità, ma secondo me l'unica cosa di cui hai bisogno è lasciarti andare ai tuoi desideri, mettere in pratica tutti quei pensieri, goderti il tuo corpo e la tua sessualità senza limiti, lasciati andare Olga, liberati».

Per l'amor di Dio, credevo che mi stesse per venire una crisi, che mi si chiedesse di godermi il mio corpo era qualcosa di atroce in quel momento. Strinsi con forza le gambe accavallate, cercando di placare i miei desideri, mi aggrappai saldamente ai braccioli della poltrona e guardai in tutte le direzioni, cercando qualcosa in quell'ufficio che potesse distrarmi, ma non c'era nulla.

«Quindi non sono dipendente dal sesso?», riuscii a dire.

«Non so, forse lo sei, o forse sei più attiva sessualmente di quanto pensavi di essere, ma non lo saprai finché non inizierai a soddisfare tutte le tue fantasie. L'unica cosa che posso consigliarti è di uscire e lasciarti andare, portati una donna a letto e divertiti, non essere timida, molte volte ci perdiamo delle cose per il troppo pudore, per quello che la gente dirà o per quello che penseranno di noi, non lasciare che questo ti fermi».

«Quindi il tuo consiglio è di farmi una scopata, giusto?»

«Una o più di una», aggiunse con un sorriso, «quante te ne servono, Olga, sei una donna single e molto attraente, non credo che avrai problemi, esci e divertiti. La masturbazione è una soluzione temporanea, ma sappiamo entrambe che non è la stessa cosa farlo da sola e farlo con un altra persona, e penso che stia qui la maggior parte del tuo problema, non ti basta più farlo da sola».

Annuii senza dire nulla e abbassai lo sguardo, mi sentivo annebbiata e piena di desiderio, non volevo che se ne accorgesse ma cominciavo a fare fatica a respirare normalmente».

«A cosa stai pensando adesso?»

Inclinai la testa e mi morsi il labbro, mi odiai per essere andata lì.

«Olga...»

«Penso che sia meglio che vada, Andrea», sussurrai senza guardarla.

«Non farlo, parlamene», chiese in un modo così seducente che mi mandò un brivido lungo la schiena.

Improvvisamente notai qualcosa nella sua voce, qualcosa di molto diverso, notai eccitazione, desiderio. Era possibile o ero diventata completamente pazza?

«Olga, guardami, per favore».

Lo feci, alzai gli occhi che bruciavano di desiderio e la attraversai con lo sguardo.

«Dimmi cosa stai pensando in questo momento, cosa la tua mente sta immaginando. Cosa vedi, Olga?»

«Non credo che tu lo voglia sapere, Andrea», dissi, continuando a guardarla.

«Ti assicuro che lo voglio, descrivimelo, per favore», disse senza togliere il suo sguardo dalle mie labbra.

«Vedo te».

«E cosa faccio? Usami, Olga».

«Ti avvicini lentamente...»

Oh cazzo, Andrea si alzò dalla sua sedia, camminò lentamente intorno al tavolo e si mise proprio di fronte a me, e io non esitai a spostare un po' la mia poltrona per lasciarle spazio.

«Che cosa faccio adesso?», ansimò.

«...»

«Lasciati andare, Olga. Lasciati andare... Cosa faccio?»

«Ti inginocchi e mi tiri le gambe fino a quando il mio sesso non è sul bordo della poltrona».

Sorrise piacevolmente.

«Così, Olga, continua a parlare. E poi ti tiro giù i pantaloni?», disse mentre si inginocchiava e mi tirava giù.

«Sì», ansimai.

La mia eccitazione era terribile, e il solo pensiero che questa volta non sarei stata io ad alleviarla mi stava facendo impazzire. Andrea aveva ragione, non era lo stesso, e il fatto che stessi per soddisfare le mie fantasie mi faceva sentire bene, liberata, appagata, donna... sì, mi faceva sentire una donna completa.

«Ti piacciono le donne?», le chiesi mentre lei mi tirava giù i pantaloni e io le accarezzavo i capelli.

Scrollò le spalle.

«Mi piace vivermi il sesso senza pregiudizi, te l'ho già detto, non mi importa se è un uomo o una donna, basta che mi attragga».

Mi abbassò le mutandine e mi allargò le gambe spudoratamente.

«Sei bagnatissima, Olga, mi piace», disse dopo aver accarezzato il mio sesso con due dita.

Decisi di seguire il suo consiglio e, delicatamente, misi la mia mano sulla sua testa, la attirai verso il mio sesso bagnato e selvaggiamente eccitato, e lasciai che soddisfacesse la prima delle mie fantasie di quel pomeriggio. La prima nel suo studio, quella successiva nel suo letto.

CAPITOLO 2

<u>**Andrea**</u>

Non so esattamente cosa mi capitò quel pomeriggio con Olga, non mi ero mai trovata in quella situazione o in qualcosa di simile prima. Sono molto responsabile nel mio lavoro e mi considero una buona professionista, ma quando aprii la porta e la vidi lì in piedi sentii come se qualcosa si fosse attivato dentro di me, qualcosa che mi legava a lei. Mi sentivo molto attratta da Olga ancor prima di scambiarci la prima parola.

Questo è il motivo per cui andai in bagno e uscii così in fretta, non avevo voglia di sedermi sul WC, volevo solo assicurarmi che fosse tutto a posto. Sentivo un estremo bisogno di farmi bella per una donna che non conoscevo affatto e che sarebbe stata la mia paziente. Ebbi un sussulto quando uscii e la vidi aprire la porta con l'intenzione di andarsene, fu allora che mi resi conto di quanto fosse nervosa. Mi piacerebbe dire che la convinsi a rimanere solo perché volevo e sentivo di poterla aiutare, ma non fu così, lo feci anche per me. Non volevo che se ne andasse.

«Dipendente dal sesso».

È così che riassunse il suo problema e lo trasformò anche nel mio. Ricordo che all'università avevo un professore che diceva che quando qualcuno che conoscevi ti raccontava il suo problema, diventava anche il tuo, perché ti rendeva partecipe. Mi ricordai di quel professore non appena Olga disse quelle parole, perché, anche se non la conoscevo, mi emozionai quando la sentii. Forse non aveva trasformato il suo problema nel mio, ma certamente me ne aveva dato uno. Preferii non guardarla in quel momento, avevo bisogno di qualche secondo per calmarmi, così feci finta di scrivere qualcosa sul quaderno, e in effetti lo feci:

"Olga + dipendenza dal sesso = Andrea vuole scopare con Olga"

"Oggi"

"Ora"

"Andrea vuole scopare con Olga ora :)"

Deplorevole e molto poco etico, lo so.

Quando le chiesi perché pensava di essere dipendente dal sesso, mi diede il colpo di grazia. Pensavo che mi avrebbe detto che aveva un partner, o forse no, questo non aveva importanza, e che faceva sesso frequentemente, forse troppo, ed era questo a preoccuparla. Ma questo era lungi dall'essere il problema di Olga, era il contrario, la mancanza di sesso la faceva eccitare da morire ventiquattro ore al giorno. Mi sorprese ritrovarmi così composta, sono sempre stata una persona molto sicura di sé, ma l'attrazione che provavo per lei e il racconto di quanto fosse eccitata, facevano sì che anche la mia eccitazione accrescesse sempre di più.

Mi disse di non avere un partner, parlammo della masturbazione, di quanto spesso lo facesse, e di quanto poco o niente avesse sperimentato il sesso. Non mi sorprendeva il fatto che venisse assalita continuamente da questi pensieri. Da quello che mi disse, Olga aveva sempre scopato reprimendo se stessa, infatti, lo definì molto bene:

«Io ti tocco, tu mi tocchi, veniamo e poco altro».

Incredibile, era una donna attraente, single, poteva avere chiunque desiderasse e si accontentava di toccarsi due o tre volte alla settimana. Le chiesi di descrivere questi pensieri che stava avendo e in quel momento mi sentii male, perché non ero davvero sicura che quella domanda fosse necessaria, sapevo già cosa le stava succedendo, glielo chiesi perché ero io a volerlo sentire.

Comunque, il resto lo sapete già, Olga mi aveva confessato i suoi gusti esclusivi in fatto di donne e, anche se mi sforzai di fare il mio lavoro, alla fine diedi a Olga quello per cui era venuta, una diagnosi. Ci fu un momento in cui non ce la feci più.

"A Olga piacciono le donne"

"E guarda un po', io sono una donna :) :)"

"Cazzo, ho bisogno di scopare con Olga urgentemente"

"Se non me la scopo, oggi mi esplode la figa"

"Andrea, dacci dentro!"

Sì, scrissi ancora un po'.

«Quindi il tuo consiglio è di farmi una scopata, giusto?»

«Una o più di una», aggiunsi con un sorriso, «quante te ne servono, Olga, sei una donna single e molto attraente, non credo che avrai problemi, esci e divertiti. La masturbazione è una soluzione temporanea, ma sappiamo entrambe che non è la stessa cosa farlo da sola e farlo con un altra persona, e penso che stia qui la maggior parte del tuo problema, non ti basta più farlo da sola».

Questa è la versione ufficiale e politicamente corretta di ciò che le dissi, ma quello che avrei davvero voluto dirle è che desideravo che quelle scopate le facesse con me, morivo dalla voglia di scopare con Olga e la situazione stava diventando insopportabile. Ma poi vidi il suo sguardo e dovetti stringere le gambe per soffocare il mio desiderio: mi resi conto che Olga era terribilmente eccitata in quel momento. Il resto fu facile, lei lo voleva e io pure, eravamo due donne adulte che in quel momento erano molto attratte l'una dall'altra e volevano la stessa cosa, che male c'era?

«Sei bagnatissima, Olga, mi piace», le dissi, inginocchiandomi tra le sue gambe.

Non mi rispose, mise le mani sulla mia nuca e mi invitò a divorare il suo sesso. Mi deliziai tra le sue gambe, volevo mostrare a Olga che se imparava a chiedere ciò che voleva il risultato sarebbe stato infinitamente migliore. Baciai il suo sesso senza controllo, lo leccai e percorsi ogni sua piega mentre lei gemeva e teneva le mani sulla mia testa affinché non smettessi. Mi inchiodò tra le sue gambe quando raggiunse l'orgasmo e ci mancò poco che venissi anch'io, al vedere le sue cosce tremare in quel modo, come si contorceva, come ansimava e gemeva allo stesso tempo, e come mi teneva la faccia tra le mani per tirarmi su quando terminò.

Non mi disse niente, solo si riposizionò sulla sedia e mi fece mettere a cavalcioni su di lei.

«Vuoi sentire quanto è buono il tuo sapore?», le chiesi, cercando di trattenere il mio orgasmo.

Olga mi stava sbottonando i pantaloni e io ero così eccitata che sentire la sua mano che mi toccava lì intorno mi stava uccidendo.

«Sì», sussurrò.

Mi chinai su di lei e la baciai profondamente. Danzai con la mia lingua intorno alla sua finché non sentii le sue dita scivolare dentro le mie mutandine. Fui inondata dal calore della sua mano e mi sentii come se stessi per scoppiare di piacere. Rimasi senza respiro per un momento e smisi di baciarla di colpo. Non mi staccò gli occhi di dosso, sorrise, mi penetrò con un dito e mise il pollice sul mio clitoride. Chiusi gli occhi con forza per un secondo mentre soffocavo un gemito e cominciai a muovermi sulla sua mano ad un buon ritmo. Il dito dentro di me non si muoveva, lo lasciava fermo perché io lo cercassi a mio piacimento, mentre il suo pollice sì, tracciando piccoli cerchi sul mio clitoride. Mi aggrappai al suo collo per mantenere l'equilibrio mentre venivo.

«Vuoi che continuiamo?», chiesi, alzando le sopracciglia con un mezzo sorriso.

Lei annuì. Mi alzai e Olga fece lo stesso, si tirò su le mutandine e i pantaloni e le porsi la mano per venire con me nella mia stanza. Appena entrammo le chiesi di sedersi sul letto, presi uno sgabello che avevo davanti al comò e mi sedetti proprio di fronte a lei.

«Che cosa stai facendo?», chiese incuriosita.

«La questione non è cosa faccio io, Olga, ma cosa vuoi fare tu», dissi indicandola.

«Come?»

«Cosa vuoi fare, Olga? Nel mio studio abbiamo appagato una delle tue fantasie, con quale altra vuoi proseguire?»

Notai come respirava con affanno mentre arrossiva e abbassava la testa. Olga si vergognava, o forse si vergognava di dire quello che voleva, quello che voleva veramente. La guardai per un momento, nel mio studio non aveva dovuto chiedere molto, gliel'avevo servita su un piatto d'argento, facendole le domande giuste finché non mi lasciò mettere la faccia tra le sue gambe, proprio come voleva lei. Ma ora non osava, se doveva venire direttamente da lei si bloccava, questo era il suo problema. Mi calmai un po' e ripresi il mio ruolo di psicologa, dopo la scopata volevo recuperare un po' prima di tornare alla carica, quindi questo poteva essere un buon momento per fare di nuovo terapia con Olga. Mi avvicinai un po' di più a lei, quasi fino a quando le mie ginocchia toccarono le sue.

«Olga, guardami», le chiesi.

Lei alzò lo sguardo e mi sorrise.

«Parliamo ancora di una cosa, ok? Quindi rilassati».

«Di cosa?», chiese incuriosita.

«Faremo ancora un po' di terapia, anche se non ti sembrerà così, quindi collabora, ok?», sorrisi, scostando una ciocca di capelli dal suo bellissimo occhio sinistro.

Anche lei sorrise, si tolse le scarpe e fece oscillare le gambe sul letto, le piegò e si afferrò le caviglie con le mani.

«Parliamoci chiaro, Olga, una delle cose che volevi era che qualcuno te la leccasse come abbiamo fatto nel mio ufficio».

Si schiarì la gola e per poco non si strozzava.

«Come ti sei sentita?»

«Scusa?», chiese lei, completamente imbarazzata.

«Per l'amor di Dio, Olga, siamo entrambe adulte, abbiamo scopato e siamo venute, è fottutamente normale. Voglio che tu mi dica come ti sei sentita dopo quello che ti ho fatto, e voglio che tu sia un po' esplicita, non basta dire se ti è piaciuto o meno, voglio che tu mi dica come ti sei sentita dopo aver ottenuto quello che volevi».

Sospirò un po' più rilassata. Avevo la sensazione che parlare della scopata come qualcosa di così naturale stesse iniziando a farla sentire più a suo agio.

«Mi è piaciuto...»

Inarcai le sopracciglia e incrociai le braccia, chiedendo di più mentre lei rideva del mio gesto.

«Mi sono sentita davvero bene, Andrea», iniziò finalmente, «non solo perché sei stata brava o per l'orgasmo. Mi sono sentita bene con me stessa, soddisfatta, orgogliosa e, anche se non sembra, più fiduciosa.»

«Vedi? È di questo che si tratta, Olga, devi imparare a dare al tuo corpo ciò che chiede. Non devi vergognarti, devi sempre esigere quello che vuoi, devi chiederlo. Quando hai una donna tra le lenzuola devi dirle quello che ti piace, e allo stesso modo devi frenarla se, invece, qualcosa non ti piace, devi sempre esigere quello che vuoi. Solo allora potrai goderti il sesso fino in fondo, scopare è bello, Olga, è la cosa migliore del mondo! Rilascia la tensione, ringiovanisce, allevia il mal di testa, mantiene in forma, la gente dovrebbe scopare di più e urlare di meno, cazzo!

Olga si mise a ridere di gusto e mi contagiò, interrompendo il mio discorso. Devo ammettere che quando si trattava di sesso, mi esaltavo sempre e mi mettevo a fare discorsi del genere. Era difficile per me capire il pudore che alcune persone provavano di fronte al più grande piacere che ci era stato concesso come esseri umani.

«Scusa», dissi, sorridendo ancora, «a volte metto troppa enfasi in quello che dico. Ma la vita è molto breve, Olga, e nessuno dovrebbe rinunciare a certe cose solo perché ha paura di chiederle, e non sto parlando solo di sesso, ma di tutto in generale».

«Non preoccuparti, hai ragione. Sono sempre stata molto riservata in questo senso, chiamami una persona all'antica, ma ho paura che il mio partner pensi che io sia viziosa o qualcosa del genere, non so».

Scoppiai a ridere di nuovo.

«Viziosa? Davvero, Olga? Pensi che quello che abbiamo fatto prima sia stato vizioso?»

«No, certo che no. Credo che il fatto di essere sempre andata a letto con persone come me non mi abbia aiutato molto, voglio dire, nemmeno gli altri hanno mai chiesto nulla a me».

«Certamente non aiuta, ma a volte il problema non è che queste persone non vogliono chiedere, è che noi stessi riflettiamo quella paura in loro e questo li fa trattenere dal chiedere per paura di spaventarci».

«Stai dicendo che provoco la stessa reazione nelle persone con cui vado a letto?»

«Non sto dicendo che è il tuo caso, ma è una possibilità. Queste cose avvengono inconsciamente, Olga».

«Grandioso, sono una pessima amante».

«Non è vero, mi hai scopato molto bene».

«Grazie», sorrise imbarazzata.

«Bene, hai recepito il messaggio allora, Olga?»

«Sì».

«Sì? Non lo so, vediamo, dimmi cosa farai esattamente d'ora in poi».

«Esigere, cioè, chiedere», si ritrasse, «chiedere le carezze che mi piacciono di più».

«Non solo carezze, Olga», la interruppi, «ma anche desideri, fantasie, devi chiedere tutto».

«Ma non posso sempre chiedere».

«No, certo che no, per ricevere devi dare, devi prestare la stessa attenzione alle richieste del tuo partner. Il sesso è molto più soddisfacente quando vedi anche il tuo partner contorcersi dal piacere, vero?»

Lei annuì.

«Ok, mettiamo in pratica quello di cui abbiamo appena parlato. Ripeto la domanda: cosa vuoi fare adesso, Olga? Cosa ti senti di fare? E guardami negli occhi quando me lo chiedi».

Mi guardò e si fece seria. Pensavo che mi avrebbe detto che se ne sarebbe andata, che non era pronta o qualche altra scusa, ma improvvisamente parlò e sentii il cuore battere in mezzo alle mie gambe.

«Voglio che ti tocchi per me», disse con fermezza.

Quel pomeriggio feci tutto ciò che Olga mi chiese di fare, da quando aveva pronunciato quell'ultima frase aveva preso coraggio, si sentiva più sicura e fiduciosa e si rendeva conto che avevo ragione, il sesso è più piacevole quando fanno esattamente quello che vuoi tu. Anche lei soddisfece i miei bisogni a mio piacimento, e dopo diverse ore a letto mi disse che se ne sarebbe andata. Era la norma, qualcosa a cui ero abituata, non mi piaceva che i miei amanti mi prendessero in confidenza o pensassero di ottenere più del sesso da me. Avevo avuto partner fissi, ma ero a un punto della mia vita in cui non avevo voglia di dare spiegazioni, avevo passato gli ultimi tre anni limitandomi a fare quello che avevo fatto con Olga, beh, con Olga non proprio perché con lei erano state circostanze diverse, era un caso a parte. Ma mi limitavo a godermi il sesso senza impegno, senza mal di testa, vivendo la vita come mi pareva, decidendo quando, con chi e fino a quando. Come ho detto, quando disse che se ne sarebbe andata non mi dispiaceva, ma nel momento in cui chiuse la porta mentre usciva, sentii uno strano senso di vuoto che mi mise un po' a disagio.

Non ebbi sue notizie fino a quasi un mese dopo. Ogni venerdì dopo l'ultima seduta mi dedicavo a controllare la contabilità, ed era questo che stavo facendo quando squillò il telefono fisso dello studio.

«Studio di Psicologia Andrea Álvarez», risposi.

«Ciao, Andrea, ti disturbo?»

Il mio cuore smise di battere, la riconobbi subito, era Olga.

«Ciao, Olga, no, non mi disturbi, come stai? Tutto bene?».

«Sì, molto bene, chiamavo solo per ringraziarti per l'altro giorno...»

L'altro giorno? Un mese fa, il sesso aveva alterato il suo concetto di tempo? Notai che era un po' timida nel riferirsi a quel giorno, sorrisi e mi appoggiai alla sedia.

«Non devi ringraziarmi di nulla, Olga».

«Sì, lo so, Andrea, e non sto parlando di sesso, beh...». Si schiarì la gola e mi sfuggì una risatina. «Non ridere».

«Non rido, sono seria, dimmi, per cosa vuoi ringraziarmi?»

«Tutto quello che mi hai detto, i tuoi consigli, avevi ragione, Andrea. Ti ho ascoltato e ora mi sento più viva che mai».

Improvvisamente smisi di ascoltarla e fui grata che avesse deciso di dirmi tutto questo per telefono e non di persona, perché quello che avevo inteso per "ti ho ascoltato" era che fosse andata a letto con una donna, o più di una, era andata a letto con loro, e improvvisamente mi sentii terribilmente gelosa. Non volevo che Olga andasse a letto con nessuno, la volevo tutta per me, e non me ne resi conto finché lei non mi fece capire che c'erano altre.

«Andrea, ci sei?»

Volevo rispondere, ma non trovavo le parole, non sapevo cosa dirle, mi ero appena accorta che in un pomeriggio mi ero presa da lei. La mia testa non riusciva a fermarsi, come era possibile? Avevo pensato a lei per molti giorni da quando avevamo scopato, ma pensavo fosse solo per curiosità, per sapere se mi avrebbe prestato attenzione o se avrebbe continuato ad essere consapevole di sé. Solo quando sentii la sua voce all'altro capo del telefono e la sua confessione capii che mi piaceva Olga, mi piaceva molto. E per colpa mia si scopava altre ragazze. Perfetto Andrea.

«Andrea, stai bene?», insistette.

«Sì, scusa», reagii alla fine, «non devi ringraziarmi, Olga, ho solo fatto il mio lavoro».

Ci fu un silenzio imbarazzante, fui un po' brusca con le mie ultime parole. Avevo fatto di più del mio semplice lavoro quel giorno, lo sapevamo entrambe, ma anche se era ingiusto nei suoi confronti mi sentivo ferita al pensiero che potesse stare con un' altra, non volevo continuare quella conversazione, non volevo arrivare alla parte in cui Olga mi diceva che era andata a letto con qualcuno e si liberava dei suoi pregiudizi e insicurezze, volevo solo che si liberasse con me, così la troncai.

«Sono contenta che tu stia meglio, Olga, ma ho del lavoro da fare, quindi se non ti dispiace parleremo un'altra volta».

«Certo, ci sentiamo, Andrea».

Sbattei il telefono con forza mentre riattaccavo, sentendomi una stronza. Che diritto avevo di essere arrabbiata con lei? Nessuno, non ne avevo, io e lei non eravamo niente, era stata solo una donna che era venuta nel mio studio con un problema e con la quale ero finita a letto, era stato poco etico e poco professionale, lo sapevo, ma era successo e non me ne pentivo. Quello che rimpiango è di averle parlato in quel modo. Ricordo che il giorno in cui venne da me disse qualcosa come se fossi troppo giovane per capire il suo problema, è così che mi vedrebbe? Giovane? Non adatta alla sua età? Ho trentacinque anni, cosa c'è di giovane per lei? Mi resi conto che non sapevo nulla di Olga, solo il suo cognome, chiedo sempre i dettagli di base, come indirizzo e numero di telefono, ma con lei ero così nervosa che dimenticai di farlo. Non la conoscevo, e se una volta mi aveva considerato giovane, ora dopo il mio comportamento al telefono ero certa che mi considerasse una bambina, una che aveva approfittato della situazione per farsi una scopata e che ora non voleva più saperne.

La testa cominciava a farmi male, immaginavo mille cose che Olga poteva pensare di me dopo il mio comportamento e nessuna di queste era bella. Merda, non potevo permettere che accadesse. Non potevo permetterlo, dovevo parlare con lei, mi maledicevo per non aver pagato i due euro in più che Telefónica chiedeva per avere il servizio di identificazione del numero, mi sembrava un furto che mi facessero pagare pure quello, anche se erano solo due euro. Avevo solo due opzioni: pregare che mi richiamasse o cercarla in ogni modo possibile.

Optai per la seconda e fui sorpresa di quanto velocemente la trovai, benedetto Facebook. Cercando Olga Marcos nel motore di ricerca, fu il primo risultato che mi apparve, perché a quanto pare avevamo due amiche in comune, entrambe lesbiche. La sua foto del profilo rendeva giustizia all'attrazione che provai per lei il primo giorno, diavolo, Olga era una gran donna. Ovviamente non eravamo amiche, ma avere il suo Facebook mi dava la possibilità di lasciarle un messaggio attraverso Messenger. Non lo feci, non osai. Pensai che forse era meglio lasciar passare qualche giorno, rilassarsi un po' e far passare quella scomoda sensazione di gelosia. Sì, avrei lasciato passare qualche giorno.

Da quella telefonata non riuscii più a togliermi Olga dalla testa, passai tutto il fine settimana a pensare a lei. Quando pensavo a quanto avevamo goduto entrambe quel pomeriggio, mi si stampava un sorriso sulle labbra, ma questo scompariva subito non appena mi veniva in mente che Olga stava seguendo i miei consigli del cazzo, che molto probabilmente quel fine settimana aveva qualcuno nel suo letto e stava facendo tutto quello che volevo che facesse con me. Non mi ero mai sentita così impotente.

Con il passare dei giorni accettai il fatto di non avere il diritto di essere arrabbiata, non solo perché non c'era niente tra di noi, ma anche perché lei non sapeva nemmeno che mi piacesse, era colpa mia, ero io la codarda. Potevo continuare a nascondere i miei sentimenti per lei oppure trovare il coraggio e lasciarle un messaggio per dirglielo. Per messaggio? No, dovevo incontrarla a tutti i costi, ma avevo comunque bisogno del mio tempo per schiarirmi le idee.

Era di giovedì a mezzogiorno e, come facevo quasi quotidianamente, stavo per andare a mangiare in un ristorante. Era l'unico modo per costringermi ad uscire di casa durante il giorno. Passavo le ore in studio, avevo bisogno di prendere un po' d'aria fresca a un certo punto, e l'unico tempo libero che avevo era la pausa pranzo, così mangiavo fuori, facevo una passeggiata e poi tornavo per fare un pisolino.

Uscii di casa e scesi in ascensore, e quando aprii il portone d'ingresso, il mio cuore si fermò letteralmente. Olga era lì, mentre premeva l'indice sul pulsante del citofono di casa mia.

«Olga...», fui in grado di dire.

Mi mancava l'aria, e le farfalle nel mio stomaco iniziarono ad agitarsi, fino a che non cominciai a sudare freddo e iniziarono a tremarmi le mani.

«Ciao, Andrea», sussurrò.

La situazione divenne improvvisamente un po' tesa, non sapevo come avrei dovuto salutarla, con due baci o stringendole la mano? In realtà, preferivo baciarla sulla bocca, sentire la sua lingua sfiorare la mia e assaporare di nuovo le sue labbra, ma questo era fuori questione. Allungai la mano per salutarla, ma allo stesso tempo lei si avvicinò per darmi due baci, fu molto imbarazzante. Alla fine ci stringemmo la mano e ci demmo due baci, il secondo molto vicino all'angolo delle sue labbra, per colpa mia. Quando sentii il contatto della sua pelle sul mio viso ebbi un sussulto e feci fatica a controllarmi per non rubarle un terzo bacio dalle labbra.

«Mi dispiace, avrei dovuto chiamare prima, vedo che hai da fare», si scusò.

«Sì, beh no... E'... Stavo per andare a pranzo, Olga, ma in realtà non ho molta fame».

Divenni molto nervosa, tutta la sicurezza che mi aveva sempre caratterizzato scomparve improvvisamente in sua presenza, divenni timida e impacciata, desideravo che la terra mi inghiottisse.

«È anche la mia ora di pranzo, che ne dici di andare in quel bar e ordinare qualcosa di leggero? Dovrai pur mangiare qualcosa, ragazza, non puoi lavorare a stomaco vuoto».

Era chiaro, Olga aveva preso la mia sicurezza. Sprizzava determinazione e autostima da tutti i pori, non dico che probabilmente prima non l'avesse, ma dato che quel giorno nel mio studio parlammo solo di sesso, e in quel senso non ne aveva, fui piacevolmente sorpresa dalla donna che si mostrò a me quel pomeriggio.

Ordinammo dei panini alle verdure mentre parlavamo del più e del meno, di come era andata la nostra settimana o il lavoro e ogni sorta di sciocchezze che non interessavano né a me né a lei. Fu quando ordinammo i nostri caffè che la conversazione prese un'altra piega, fu Olga a farlo, io ero troppo impegnata a guardarla.

«Sono venuta qui perché volevo parlarti, Andrea, l'altro giorno quando ti ho chiamato mi hai un po' preoccupata, sarei voluta passare prima, ma non trovavo il momento opportuno per dirti la verità».

«Preoccupata? Non volevo, Olga, mi dispiace».

«Sembravi a disagio o arrabbiata, non so perché, è solo una sensazione che ho avuto. Forse non avrei dovuto chiamarti, dopo tutto, hai fatto il tuo lavoro come hai detto. Immagino che non sia molto normale che i tuoi pazienti ti chiamino per ringraziarti, non avrei dovuto farlo, sono venuta solo per assicurarmi che non fossi arrabbiata con me, ma non credo nemmeno che sarei dovuta venire».

Di nuovo ci fu un silenzio disgustosamente imbarazzante che ruppi entrando nel mio ruolo di professionista e mettendo da parte tutto ciò che Olga mi faceva sentire solo guardandomi.

«Non sono arrabbiata, Olga, è solo che mi hai preso in un brutto momento, davvero. Beh, hai seguito il mio consiglio o no?»

«Sì», sorrise, «l'ho fatto, ma non solo sessualmente, l'ho applicato a tutte le aree della mia vita. Ho imparato a valorizzarmi e ad amarmi come penso di meritare e senza sminuire nessuno, naturalmente. Grazie a te non sono più il capo del dipartimento delle Risorse Umane nella mia azienda, ora sono la direttrice. Il lavoro è lo stesso, ma lo stipendio è cambiato», confessò con un largo sorriso.

«Beh, sono molto contenta, Olga, davvero», dissi sinceramente.

«Grazie».

«E quei pensieri che ti tormentavano, li hai ancora?»

Quello era il modo più sottile a cui potevo pensare per chiederle se stava con qualcuno, se scopava con qualcuno, o se stava pensando a qualcuno. Non sapevo nemmeno che risposta aspettarmi.

«Beh, non sono scomparsi del tutto, ma sono diminuiti considerevolmente, anche se a dire il vero non voglio che spariscano, Andrea», confessò, «mi danno delle idee».

«Ah sì?», sorrisi in maniera beffarda.

Non mi sentivo in grado di confessare a Olga quello che provavo per lei in quel momento, ma la desideravo molto, e ricordare tutto quello che avevamo fatto a casa mia quel pomeriggio grazie ai suoi pensieri mi aveva fatto eccitare molto. Quel giorno decisi che ero disposta ad accontentarmi del sesso, scoprii che Olga aveva bisogno di esplorare questo nuovo mondo da sola, non poteva concentrarsi solo su una persona, anzi, non doveva. Chiederle di farlo sarebbe stato egoistico da parte mia. Decisi di far passare un po' di tempo prima di dirle cosa provavo per lei e chiederle se c'era una possibilità, ma il sesso? Perché no? La donna di fronte a me in quel momento era una predatrice sessuale, se non fossi stata io sarebbe stata un'altra, e onestamente, volevo essere io.

«Sì», confessò con un sorriso.

«Hai qualcosa in mente ora, qualcosa che hai voglia di fare?», anche io sorrisi.

«Ci puoi scommettere. Possiamo andare a casa tua?»

Mi illuminai. La sicurezza che mostrava non faceva che aumentare la sua avvenenza. Mi alzai e aprii di fretta la mia borsa.

«Lascia stare, offro io», disse, facendo cenno con la mano.

Si avvicinò al bancone con una calma sorprendente e pagò il pranzo. Smisi di frugare nella mia borsa per cercare le chiavi, non volevo sembrare un'idiota ma mi tremavano le mani ed ero molto nervosa. Uscimmo da lì e io avevo ancora la mano dentro la borsa, sentivo il tintinnio delle chiavi, ma non riuscivo a trovarle. Olga mi guardò senza dire niente fino a quando non arrivammo al mio portone, la mia goffaggine mi aveva impedito di tirare fuori quelle maledette chiavi.

«Merda!», brontolai e smisi di cercare. Avevo bisogno di respirare, credo che non lo facessi da molto tempo.

«Andrea», mi prese il mento affinché la guardassi, «sembri me il primo giorno che sono venuta qui, stai bene?»

Annuii, abbassando lo sguardo e staccandomi dalla sua mano.

«Sono solo nervosa, dammi un minuto e troverò le chiavi, te lo prometto», sussurrai senza guardarla.

«Magari oggi non è una buona idea, Andrea, possiamo incontrarci un'altra volta se vuoi».

La zittii con un bacio, lento, caldo e profondo. Mi aggrappai al suo viso, e dopo averla sentita svenire mentre lei lo ricambiava con la stessa intensità, mi staccai e le sussurrai all'orecchio.

«Voglio che mi scopi adesso, non più tardi o un altro giorno, Olga, adesso».

Seguii il mio stesso consiglio e le chiesi quello che volevo, solo che non mi importava come, mi bastava sentire il calore del suo corpo contro il mio. Mi tenne la borsa aperta fino a che non presi finalmente le chiavi, salimmo in ascensore e, quando entrammo nella porta di casa, Olga prese il controllo, mi prese per mano e mi condusse nel mio studio, mi fece sedere sulla sedia e mi sollevò la gonna prima di chinarsi su di me e tirarmi giù le calze e le mutandine. Pensavo che avrebbe fatto esattamente la stessa cosa che avevo fatto a lei quel pomeriggio, ma no, mi sbottonò la camicia mentre ci baciavamo, la tolse e si liberò del mio reggiseno, lasciandomi solo la gonna intorno alla vita e le calze e le mutandine alle caviglie. Mi accarezzava delicatamente i seni, e io sentivo il mio umore sporcare la poltrona, non vedevo l'ora che Olga accarezzasse o baciasse il mio sesso, non mi importava come lo facesse perché ne avevo un disperato bisogno. Le mie preghiere furono esaudite e la sua mano iniziò a muoversi lungo il mio ventre, esercitando una pressione squisita sulla mia pelle che mi fece implorare:

«Scopami ora, per favore», sospirai.

Sorrise e mi baciò la fronte. Era ancora in piedi appoggiata su di me, la sua mano sinistra sul bracciolo della mia poltrona, e ad un tratto mise la sua mano destra sul mio sesso, affondando le dita nelle mie pieghe mentre mi guardava e continuava a farmi delle carezze che mi facevano contorcere di piacere.

«Così?», chiese maliziosamente.

Emisi una specie di suono affermativo e lei aumentò l'intensità delle sue carezze, concentrando la maggior parte di esse sul mio clitoride. Mi aggrappai al suo polso con entrambe le mani mentre sentivo il mio orgasmo avvicinarsi. Credo che stessi cercando di rallentarlo, provavo così tanto piacere che non volevo che finisse, non volevo ancora venire, avevo bisogno di continuare a sentire Olga così vicina, quasi dentro di me. Si fermò per un momento quando la afferrai, lei sorrise e usò la sua mano libera per afferrare entrambi i miei polsi e portarmeli sopra la testa. Mi piaceva sentirmi così vulnerabile, e non appena riprese le sue carezze fui travolta da un intenso orgasmo.

Rimasi sulla poltrona, le mie gambe tremavano e mi sentivo incapace di alzarmi, c'era un turbine di emozioni che attraversavano il mio corpo in tutte le direzioni: era felicità da un lato, tristezza dall'altro, voglia di saltare di gioia e voglia di piangere per la frustrazione di non poterla avere. Ma non potevo farle notare nulla, così mi sistemai e le chiesi di girarsi. Volevo che si sedesse sopra di me, avrei preferito averla di fronte, ma i braccioli della mia poltrona lo impedivano, così dovette sedersi come me. Si girò come le avevo chiesto, le sbottonai i pantaloni da dietro e glieli abbassai insieme alle sue mutandine. Le afferrai i fianchi e la feci indietreggiare per tirarla a me, le baciai e le massaggiai le natiche e la vita finché finalmente la feci sedere su di me, con la schiena contro i miei seni e le gambe aperte per permettermi di toccarla. Olga appoggiò la testa su di me e sospirò mentre le accarezzavo i seni con una mano e il suo sesso con l'altra, lei mi offriva il suo corpo e in cambio io la portavo all'orgasmo con intense carezze su tutto il suo sesso.

Quando finimmo rimanemmo in quella posizione senza dire nulla, ognuno di noi persa nei propri pensieri fino a quando Olga non guardò l'orologio.

«Merda! Devo tornare al lavoro, sono già in ritardo», disse allarmata.

Ci vestimmo e la accompagnai alla porta facendo uno sforzo immenso per controllare il tremito delle mie labbra e la voglia di piangere.

«Stai bene, Andrea?», chiese improvvisamente.

«Sì, sto bene, non preoccuparti», dissi senza mezzi termini.

Le feci un sorriso forzato, avrei voluto dirle di no, che non stavo bene, che non lo sarei stata finché non avesse saputo che mi stavo struggendo per le sue ossa, ma non potevo ancora farlo.

«Ok. Posso chiamarti qualche volta?»

La sua domanda mi riempì della stessa quantità di gioia e tristezza: gioia perché voleva rivedermi e tristezza perché voleva farlo solo per scoparmi. Era questo ciò che Olga voleva da me, il sesso.

«Certo, chiamami quando vuoi, Olga».

Un altro momento imbarazzante. Due baci? Uno? Nessuno? Decise lei per entrambe: uno sulla bocca con tanto di lingua che mi lasciò senza fiato.

Olga se ne andò e io rimasi appoggiata con le spalle alla porta a piangere a dirotto.

CAPITOLO 3

<u>**Olga**</u>

Lasciai casa di Andrea sapendo che qualcosa non andava, qualcosa non era a posto. L'avevo notato al telefono il giorno che l'avevo chiamata, l'avevo notato al bar mentre mangiavamo e l'avevo notato a casa sua mentre scopavamo. Forse era sciocco, ma non riuscivo a smettere di pensarci. La conoscevo appena, non potevo nemmeno chiamarla amica, eravamo state a letto insieme solo un paio di volte. Non doveva importarmi di quel qualcosa che avevo notato in lei, eppure mi importava. Mi ero appena resa conto che, per qualche motivo, mi importava di Andrea.

Di solito non facevo il turno spezzato, ma quel giorno avevo deciso di approfittarne e lavorare nel primo pomeriggio. Ma non mi giovò, passai due ore in ufficio incapace di concentrarmi, pensando solo ad Andrea e a cosa poteva essere quel qualcosa che non andava in lei.

«Giornataccia, eh Olga?»

La voce di Aurora mi fece sobbalzare e portò la mia attenzione verso la porta, dove la trovai in piedi con una cartella in mano che mi guardava con curiosità. È la donna più anziana che lavora con me.

«Cosa vuoi dire?»

«Sei completamente assente, non hai nemmeno chiuso la porta del tuo ufficio. È da un po' che ti osservo e non hai premuto un solo tasto di quel tuo computer che tanto ti piace».

«Sì», sorrisi. «La verità è che ho la testa altrove».

«Mal d'amore?», chiese senza ulteriori indugi.

«Cosa? No, Aurora, chiudi la porta prima che qualcuno ti senta».

Aurora chiuse la porta, ma rimase dentro.

«Chi è?», chiese sfacciatamente mentre si sedeva di fronte a me. «Sai che non lo dirò a nessuno», insistette incuriosita.

Aveva ragione su quest'ultimo punto, a chi avrebbe dovuto dirlo? A parte noi due, erano tutti uomini, e nessuno di loro era interessato ai pettegolezzi di una donna che stava per andare in pensione.

«Nessuno, Aurora, cioè, non ha niente a che fare con l'amore», specificai mentre vedevo la delusione sul suo volto. «Si tratta di un'amica, penso che ci sia qualcosa che non vada in lei, ma non riesco a capire cosa».

«Perché non glielo chiedi?», propose logicamente.

«Perché non ho quel tipo di confidenza con lei, sarebbe come intromettermi in qualcosa che non mi riguarda».

Allora Aurora si alzò e, prima di uscire dalla porta, mi fece una domanda che mi portò a vedere tutto con una chiarezza sorprendente.

«Come fai a sapere che c'è qualcosa che non va in lei?»

«Dal suo sguardo», risposi, sorpresa dalla facilità con cui quelle tre parole mi uscirono dalla bocca.

Aurora sorrise e se ne andò, chiudendo la porta. Io rimasi seduta come avevo fatto per tutto il pomeriggio, con il cuore che batteva a mille. Il suo sguardo, era questa la chiave di tutto. Quando andammo a letto insieme la prima volta, negli occhi di Andrea c'era solo desiderio, fuoco, fame di sesso. Ma oggi, oggi c'era qualcos'altro nei suoi occhi a mandorla, non sapevo nemmeno come definirlo, sono quelle cose che noti ma che non puoi descrivere, quelle che percepisci senza bisogno di parole.

Forse la cosa che più si avvicina è la delusione, o la disillusione, o forse entrambe.

Quella rivelazione mi paralizzò ancora di più di quanto non lo fossi già. Perché quell'espressione nei suoi occhi? Non le era piaciuto? Si aspettava qualcos'altro? Voleva di più, di meno? Cazzo, stavo diventando pazza, pazza per lo sguardo di qualcuno che conoscevo appena. Perché ero così ansiosa di sapere cosa stava succedendo ad Andrea?

<u>Andrea</u>

Quando finalmente smisi di piangere andai in studio e mi sedetti sulla mia poltrona, sì, quella poltrona su cui appena mezz'ora prima avevo scopato con Olga, la donna che in un solo pomeriggio aveva messo completamente a soqquadro il mio mondo tranquillo e ordinato. Avevo bisogno di pensare a quello che era successo, di concentrarmi, ma soprattutto di venire a patti con la mia nuova situazione, che si trattava proprio di ciò che avevo appena annotato sul mio quaderno:

"Andrea è innamorata di Olga fino al fottuto midollo"

"Andrea è una testa di cazzo"

"E anche Olga"

Sì, ero innamorata di Olga, la diagnosi era evidente, ma dal momento in cui aveva attraversato la porta di casa mia per andarsene avevo anche iniziato a odiarla, a scaricare tutta la mia rabbia su di lei. Come poteva non essersene accorta? Si suppone che le donne abbiano un sesto senso per queste cose, no? Si era resa conto che ero strana, ma invece di cercare di scoprirne il motivo, mi aveva catturato con il suo fascino naturale alla prima occasione, era venuta a trovarmi e se n'era andata una volta ottenuto ciò che voleva: il sesso. Ora era il momento di odiare Olga.

Avevo bisogno di non pensare, così pulii lo studio con cura, avendoci fatto sesso eccetera, sarebbe stato irrispettoso per gli altri pazienti non farlo. Quando terminai mi feci una doccia e, prima che me ne accorgessi, mi ritrovai di nuovo nello studio, seduta su quella poltrona perché mi ricordava lei, a scarabocchiare sul mio quaderno, con tanto di cuori! Cazzo, nemmeno ai tempi del liceo avevo mai fatto qualcosa di così ridicolo, come mai mi ero arrabbiata in quel modo? Suonò il campanello, il che mi ricordò che era un normale giorno di lavoro e che avevo un appuntamento con un paziente di cui mi ero completamente dimenticata.

Aprii la porta e, mentre aspettavo che salisse, il telefono cominciò a squillare. Lo sollevai nervosamente, riuscivo a malapena a mettere a fuoco, e quando sentii la voce della persona all'altro capo, mi esplose il cuore.

«Andrea?»

«Olga?»

«Sì, mi dispiace disturbarti, è solo che mi piacerebbe rivederti e...»

«Scusa ma ho da fare, ci sentiamo più tardi».

E riattaccai, sbattendo il telefono con forza, sentendo la rabbia impadronirsi del mio corpo. Davvero voleva rivedermi? Sul serio? Cosa credeva, che poteva usarmi ogni volta che voleva? Quanto tempo era passato, tre ore, quattro? Forse la cosa migliore che potevo fare era starle lontano, era chiaro che Olga era ancora alla sua instancabile ricerca di nuove emozioni e io non sarei stata il suo oggetto di esperimenti, per quanto mi piacesse. Una settimana fa, anche un giorno fa, appena prima di rendermi conto di quanto fossi innamorata di lei, sarebbe sembrato perfetto, sesso senza impegno, ma ora no.

Olga

Che cazzo aveva Andrea? Perché era stata così scortese al telefono? Avevo detto o fatto qualcosa che l'aveva sconvolta? E se sì, perché non me lo diceva? Come psicologa, forse dovrebbe provare un po' la sua stessa medicina. Decisi che non l'avrei più chiamata, se era arrabbiata e non voleva dirmi perché, era un suo problema, non mio.

Be' a quanto pare sì che era un problema mio. Non riuscii quasi a chiudere occhio quella notte e ancora una volta passai la giornata al lavoro muovendomi come un robot, rispondendo alle e-mail quasi in automatico e sorridendo ad Aurora senza nemmeno ascoltare quello che mi diceva. Ero di cattivo umore, questa non è l'Olga che mi piace essere, io so controllare le cose, e stare così per colpa di qualcuno che conoscevo appena, e che per di più mi trattava come se avessi avuto la colpa di qualcosa, mi stava davvero facendo incazzare. Decisi di chiamarla di nuovo per l'ultima volta, se mi avesse nuovamente troncato con la stessa freddezza del pomeriggio precedente, poteva dimenticarsi di Olga Marcos per sempre, io non mi piegavo a niente e nessuno.

«Studio di Psicologia Andrea Álvarez», disse prendendo il telefono.

Perché mi batteva così forte il cuore? Ero nervosa? Era Andrea che mi rendeva nervosa? Certo che sì, il suo comportamento non mi aveva fatto dormire per tutta la notte, era normale che mi agitassi a parlare con lei.

«Chi è?», insistette, mentre io ero ancora persa nei miei ragionamenti.

«Andrea, sono di nuovo Olga».

Percepii un lungo e profondo sospiro dall'altro capo del telefono che non sapevo come interpretare. Era per la stanchezza o, ancora, per la seccatura? Cazzo, avevo voglia di strangolarla.

«Ehi, possiamo incontrarci? Hai un po' di tempo questo pomeriggio? Mi piacerebbe...»

«Ho da fare tutto il pomeriggio, Olga», mi bloccò con un tono così freddo che mi fece rabbrividire dentro, «e non posso essere disponibile ogni volta che hai voglia di scopare. Sono sicura che avrai un sacco di candidate più che disposte a soddisfarti. Credo sia meglio se non ci vediamo più, d'accordo? Non chiamarmi più, Olga».

E mentre lei riagganciava, mi lasciai cadere sul letto con un groppo in gola che mi stava soffocando. Volevo solo dirle che avevo bisogno di parlarle, non volevo nemmeno che ci vedessimo nel suo studio, qualsiasi bar all'aperto andava bene, anche una passeggiata, volevo solo scoprire cosa c'era di sbagliato in lei, ma le sue parole mi avevano appena devastato dentro. Non avrei mai pensato che una cosa detta da qualcuno di cui non sapevo quasi nulla mi avrebbe colpito così tanto, mi sentivo solo arrabbiata e avevo voglia di piangere. Finii per fare questo mentre il mio telefono squillava. Per un momento mi illusi che fosse lei, che mi chiamasse per scusarsi delle dure parole che mi aveva appena detto e che certamente non meritavo, ma non era Andrea, era Maribel, un'ex amante con cui ero diventata grande amica praticamente dal primo giorno che ci eravamo conosciute. Dato che non risposi, mi mandò un messaggio.

«Ti va se ci mangiamo una pizza da te? Mia sorella è venuta per qualche giorno e se non esco da qui mi verrà una crisi, ti prego, dimmi di sì».

«Certo».

Verso le nove Maribel arrivò a casa mia con un paio di pizze appena ritirate dalla pizzeria del quartiere.

«Di nuovo due? Sai che ne avanza sempre una».

«Sì, ma così possiamo scegliere, ho preso una quattro formaggi e una speciale», disse con il suo sorriso amichevole.

Tirai fuori un paio di birre e durante la cena Maribel mi raccontava come era andata la sua settimana da quando era arrivata sua sorella.

«Giuro che se rimane un'altra settimana mi butto dal balcone, è insopportabile».

Sorrisi, era una fottuta esagerata che adorava la sua sorellina, ma le piaceva lamentarsi.

«Bene, e tu? Non hai aperto bocca da quando sono arrivata e hai a malapena cenato, hai intenzione di dirmi cosa c'è che non va?»

«Niente, non ho parlato perché, da buon'amica quale sono, ti ho lasciato sfogare su tua sorella», mi presi in giro.

«Molto divertente», disse, strizzando gli occhi. «Beh, io ho finito di sbraitare, quindi è il tuo turno, parla».

«Non ho molto da dire, sai come sono le mie giornate».

«Sì, come no, c'è qualcosa che non va in te, non tenermi sulle spine», mi minacciò.

«Non è niente, Maribel, davvero».

Ma i suoi occhi, insoddisfatti della mia risposta, non si staccarono dai miei, mentre incrociava le braccia aspettando che le mie labbra iniziassero a muoversi, ma io non sapevo nemmeno da dove cominciare.

«Dovremmo essere amiche», disse un po' seccata, «io ti dico la mia merda e tu mi dici la tua, è così che va l'amicizia, Olga, a due sensi».

«Lo so, è solo che non so cosa dirle, non so nemmeno perché stia così, la conosco appena».

«La conosci appena?», chiese, alzando le sopracciglia. «Sei così a causa di una donna?»

«Sì, ma non è come pensi, è solo che improvvisamente mi tratta come se fosse arrabbiata, e ho provato a parlarle un paio di volte, ma mi ha liquidato in malo modo, non so, l'ho chiamata prima e quello che ha detto mi ha ferito molto».

«Cos'è che ti dà veramente fastidio, Olga? Che ti abbia risposto male o che le sue parole ti abbiano ferito?»

«Non è la stessa cosa?»

«No, certo che no. Chi è, tanto per cominciare, la conosco?»

«Non la conosci, ma ti ho parlato di lei, è Andrea, la psicologa da cui sono andata quando ero...»

«Quando eri arrapata come una cagna, sì, giusto», disse, incapace di trattenersi dal ridere.

«Cosa c'è da ridere?», chiesi infastidita.

«Niente, davvero, è solo che quando mi hai raccontato quella storia sono rimasta un po' a bocca aperta, non siamo in poche a dover ringraziare questa Andrea per averti fatto svegliare».

«Non così tante», mormorai mentre lei sollevava un sopracciglio.

«Bene, dimmi, dimmi, cosa è successo?»

«L'ho chiamata per ringraziarla di tutto e mi è sembrata un po' strana, così ieri mi sono presentata nel suo studio a mezzogiorno e l'ho invitata a pranzo. Durante il pranzo sembrava tutto più o meno normale e alla fine, non so come, perché ti giuro che non era quella la mia intenzione, ma...»

«Ma siete finite a letto», indovinò.

«Sì, più o meno. Prima di andarmene le ho chiesto se potevo rivederla altre volte e mi ha detto di sì, ma ho notato qualcosa di diverso nei suoi occhi, credo fosse delusione, non so. Il fatto è che dopo questa cosa non riesco a parlare con lei senza che mi chiuda il telefono in faccia, infatti, oggi pomeriggio mi ha detto che non vuole vedermi più. Non ci capisco nulla, Maribel», dissi nuovamente con quel nodo disgustoso in gola. «Non so perché si comporta così, ma quello che mi fa incazzare di più è che mi fa male, non dovrebbe, vero? Ci siamo viste solo un paio di volte, dovrei semplicemente ignorarla, ma cazzo, non riesco proprio a togliermela dalla testa».

«Quindi non riesci a togliertela dalla testa, eh?», borbottò, beffarda. «Wow, sembra che Olga la conquistatrice sia stata catturata nelle reti della psicologa del piacere».

«Non dire sciocchezze, non è questo».

«No, certo che no, ripeto la domanda di prima, cosa ti dà fastidio, che ti risponda male o che ti ferisca?»

«Quanto sei pesante, Maribel, che differenza fa?»

«La fa eccome, dai, rispondimi».

«Mi danno fastidio entrambe le cose, ok?», dissi, visibilmente arrabbiata. «Non sopporto che mi rispondano male senza motivo, è qualcosa che mi urta, se ha un cazzo di problema con me potrebbe dirmelo in faccia, non è così difficile! E penso che sia abbastanza grande per delle stronzate del genere». Mi fermai un secondo per fare un lungo sorso della mia birra e rinfrescarmi la gola, mi si stava seccando la bocca.

«Non smettere di parlare, sputa tutto», chiese la mia amica.

Per me non fu difficile, avevo passato tutto il pomeriggio con quel peso che mi opprimeva il petto, avevo bisogno di dire ad alta voce tutto quello che pensavo e che lo ascoltasse qualcuno che avesse una visione imparziale. Maribel era la persona perfetta affinché io continuassi a vomitare tutto quello che avevo dentro e che, senza dubbio, mi stava logorando.

«Mi fa incazzare che non mi dica le cose, Maribel, ma mi fa incazzare ancora di più che questo mi faccia così male», dissi mentre la prima lacrima cadde sul tavolo. «Avresti dovuto ascoltare la conversazione prima, volevo solo scoprire cosa ci fosse che non andava, incontrarla e chiacchierare, ma lei sembra avere un concetto piuttosto volgare di me. Credo che pensi che il mio unico interesse nella vita sia scoparmi tutto ciò che respira. Io non sono così e lei lo sa, sono andata a letto con alcune donne ultimamente, ma non penso che sia un cazzo di peccato, sono single e posso fare quello che voglio. Non ha il diritto di trattarmi come se fossi una puttana quando è stata lei che mi ha incoraggiato ad esplorare di più la mia sessualità».

E dopo questo mi fermai e feci un bel respiro, non volevo versare una sola lacrima per lei, così cercai di calmarmi per non permettere che altre lacrime scivolassero sul mio viso quella sera.

«Ti capisco, Olga, ha esagerato un paio di volte nel trattarti così, e in un'occasione normale ti direi di dimenticarla, di dimenticarla e basta».

«E non è quello che mi dirai? Perché è esattamente quello che vorrei sentire».

«Beh, no, non è quello che ti dirò, ed è per la semplice ragione che ti ha colpito. Anche se sei arrabbiata e ferita e qualsiasi cosa tu stia provando in questo momento, è chiaro che ci tieni a lei, altrimenti non staresti così».

«Che cosa vuoi dire?»

«Non sto dicendo niente, Olga, solo che questa ragazza non è passata inosservata nella tua vita, ti ha colpito in qualche modo, altrimenti non staresti come stai ora, se ti fa male è perché ci tieni, e se ci tieni è perché senti qualcosa, e non me lo sto inventando», disse alzando le mani quando vide come il mio sguardo la attraversava dopo le sue ultime parole. «E' un fatto, Olga, è scienza, che ti piaccia o no, tu senti qualcosa per Andrea, quindi secondo me dovresti parlare con lei e chiarire la situazione».

Ero sul punto di saltare come un animale che deve difendersi dal suo predatore, ma invece rimasi in silenzio, pensando a tutto quello che Maribel mi aveva appena detto, "se ti importa, è perché senti qualcosa" quella frase continuava a ripetersi nella mia testa più e più volte, davvero sentivo qualcosa per Andrea? Forse questo spiegava perché non riuscissi a togliermela dalla testa e perché le sue parole e la sua freddezza mi facessero così male.

«Olga, mi hai sentito? Dovresti parlarle, richiamala».

«Non posso Maribel, se mi parla di nuovo in quel modo non credo che riuscirei a sopportarlo».

«Devi insistere, ti conosco, devi sapere cosa c'è che non va in lei».

«Sì, forse domani ci riproverò, per oggi ne ho avuto abbastanza».

Maribel se ne andò e io rimasi a pensare a tutto ciò finché non mi addormentai sul divano per pura stanchezza mentale. Mi svegliai prima del solito con tutta la storia di Andrea che mi orbitava intorno, avevo bisogno di schiarirmi le idee, così decisi di riprendere una vecchia abitudine e andai a correre. Sarebbe bello se dicessi che corsi cinque o dieci chilometri, ma la verità è che dopo solo due chilometri mi venne un crampo alla gamba che mi rese più rigida di un lampione in mezzo al sentiero del fiume. Feci delle distensioni finché il dolore non si placò e, mentre guardavo i primi raggi di sole che cominciavano a riflettersi sull'acqua, decisi che avrei aspettato qualche giorno prima di provare a contattare di nuovo Andrea. Era la cosa migliore, e qualunque fosse stato il suo problema, lei era ancora irritata perché era successo da poco, e io ferita dal suo comportamento nei miei confronti. Sarebbe stato meglio lasciar passare qualche giorno in modo che sia io che lei avessimo il tempo di riflettere.

CAPITOLO 4

<u>Andrea</u>

Erano passati esattamente nove giorni dall'ultima volta che avevo parlato con Olga, o meglio, sbraitato con Olga. Sono consapevole di aver esagerato, quello che le dissi fu molto ingiusto perché lei non mi doveva proprio niente. Ad ogni modo, non importa, ci rimasi male per tutto questo, ma con il passare dei giorni mi passò, perché il suo silenzio mi fece solamente capire che non le importava.

«Non mi ha chiamato», sospirai, sedendomi di fronte a mio fratello Oriol.

«E cosa ti aspettavi? Se una ragazza mi parla in quel modo, la ignoro, punto. Chi ti capisce è bravo, Andrea, se ti chiama ti dà fastidio perché pensi che voglia solo usarti, e se non ti chiama ti dà ugualmente fastidio perché pensi che non le importi di te. Anche io ti ignorerei, cazzo, mettiti in testa che quella donna non è una veggente».

Se non fosse per il fatto che è mio fratello, mi sarei alzata e gli avrei dato un paio di schiaffi per avermi parlato così apertamente.

«Non voglio sapere nulla di lei, mi fa solo incazzare».

Mio fratello mi guardò come se fossi un caso disperato, si alzò, mi baciò la testa e se ne andò.

«Devo andare al lavoro, stammi bene, sorellina».

Tornai in studio e mi lasciai cadere sulla sedia, sentendo il mio corpo diventare sempre più pesante. Una luce lampeggiante sul telefono mi smosse, avevo una chiamata persa, ma siccome ancora non volevo attivare il servizio di identificazione, presi e riagganciai il telefono perché la lucina scomparisse. Ma non scomparve, perché quella luce non indicava quello, ciò che indicava era che qualcuno aveva lasciato un messaggio nella segreteria telefonica. Premetti il tasto per ascoltarlo.

Per i primi secondi non sentii nulla, come se la persona dall'altra parte stesse pensando se lasciare un messaggio o semplicemente riattaccare e richiamare più tardi. Alla fine optò per la prima opzione e quando udii la sua voce, sentii come se dei fuochi di artificio stessero scoppiando nel mio stomaco: era Olga.

«Ciao, Andrea, ho bisogno di vederti, puoi richiamarmi per favore?»

Poi mi lasciò il suo numero di cellulare e riattaccò, ed ero di nuovo lì con il sangue che mi ribolliva dentro. Come poteva Olga essere così superficiale, cosa credeva? Che lasciando passare qualche giorno, poteva usarmi di nuovo come se non fosse successo niente? Cancellai il messaggio senza scrivere il suo numero di telefono, ma me ne pentii non appena premetti il tasto. Mio fratello aveva ragione, Olga non era una veggente, come diavolo poteva sapere cosa avessi se non glielo dicevo? In realtà non mi importava del telefono, l'avevo trovata su Facebook, ma il mio orgoglio mi impediva di scendere a compromessi.

Passarono altri tre giorni, era venerdì e mi restava solo un'ultima seduta per potermi poi dedicare, ancora una volta, a rileggere il messaggio che avevo deciso di mandare a Olga. L'avevo scritto due giorni prima ma non ero ancora riuscita a mandarglielo, perché ogni volta che lo rileggevo mi sembrava che ci fosse qualcosa che non andasse, che non mi stessi esprimendo bene, che non sarei riuscita a farle capire con le mie parole che l'unica cosa che non andava in me era che ero pazza di lei.

Speravo solo che il nuovo paziente non fosse uno di quelli che fanno un dramma alla prima seduta, non ero in vena di sopportare nessuno. Suonò il campanello in perfetto orario, cosa che apprezzai. Avevo deciso che avrei mandato quel messaggio e incrociato le dita affinché Olga capisse il motivo del mio stupido comportamento. Aspettai il nuovo paziente alla porta mentre rileggevo il messaggio sul cellulare, ma quando alzai lo sguardo vidi Olga di fronte a me con un'espressione particolarmente seria.

«Olga», balbettai sorpresa.

«Ciao, Andrea».

Non potrei descrivere a parole quanto fossi felice di vederla lì, ma dovevo ricevere un paziente e non potevo trattenermi con lei, perché diavolo non mi aveva chiamato prima di presentarsi così?

«Olga, scusami, ma sto aspettando un paziente in questo momento e non posso riceverti, ti dispiacerebbe venire più tardi?»

«Alberto Giménez? È lui che stai aspettando?», chiese senza esitazione.

«Come fai a saperlo?», chiesi io, estremamente incuriosita. Mi spiava pure ora?

«Sono io Alberto Giménez, beh, ovviamente no», rettificò alla mia faccia stupita. «Non rispondi al telefono e quando lo fai riattacchi subito. Avevo bisogno di parlare con te, così ho chiesto a un collega di chiamare per prendere un appuntamento. Non preoccuparti, ti pagherò l'ora», disse, lasciando due banconote sul tavolo appena fuori dall'ingresso prima che potessi dire qualcosa.

Non riuscivo a riprendermi dallo stupore, non sapevo nemmeno come mi sentivo in quel momento, era come se stessi vivendo la situazione da spettatore esterno.

«Non devi pagarmi nulla», dissi.

«Certo che sì», replicò.

«Come vuoi, prego, entra».

«No, non entro, Andrea, possiamo parlare qui o in un caffè, ma non metterò piede lì dentro, non ti darò modo di dire nuovamente che ti cerco solo per scopare», disse lei, chiaramente arrabbiata.

Avevo il battito accelerato da quando si era piazzata davanti alla mia porta, ma ora il cuore mi batteva in gola, sembrava che potesse saltarmi fuori dal petto da un momento all'altro, non solo per l'alterazione che lei mi provocava, ma perché mi ero appena resa conto che Olga era arrabbiata, arrabbiata e offesa. Aveva ragione, mi ero comportata come un vera idiota nei suoi confronti, l'avevo trattata come se tutto quello che mi era successo fosse colpa sua, quando non avevo nemmeno avuto il coraggio di parlargliene.

«Olga, non volevo dire questo, per favore entra e ne parliamo tranquillamente».

«Non entro, Andrea».

E sapevo che non l'avrebbe fatto, perché mentre lo diceva i suoi occhi si erano fatti lucidi e le sue labbra, quelle che amavo tanto baciare, continuavano a tremare nel tentativo di trattenere il pianto, infine, si voltò e chinò la testa aspettando la mia risposta. Anche io dovetti fare degli sforzi impensabili per non mettermi a piangere, non sapevo quanto male avessi fatto a Olga finché non la vidi davanti alla mia porta distrutta dal dolore. Sono una stronza egoista.

«Va bene, andiamo da un'altra parte», dissi, prendendo le chiavi e chiudendo la porta.

Scendemmo in ascensore in silenzio, Olga non mi guardava, i suoi occhi erano fissi sul pavimento in attesa che l'ascensore arrivasse finalmente giù e le porte si aprissero per farla uscire. All'inizio la seguii perché pensavo sapesse dove andare, ma appena fece il giro dell'isolato mi resi conto che se fosse stato per lei avremmo potuto camminare così fino al giorno dopo. Presi il controllo e le dissi di seguirmi in un boschetto di alberi vicino al cimitero, so che non è il massimo, ma non potevo pensare a un posto più tranquillo di quello, non c'era mai nessuno, anche se in un certo senso non mi sorprendeva.

«Va bene se parliamo qui? Possiamo sederci sull'erba, se non ti dispiace sporcarti, si sta bene fuori a quest'ora».

Olga scrollò le spalle in risposta, così camminammo tra gli alberi e ci sedemmo nel mezzo di una piccola radura che dominava parte del paese, ma quello che mi piaceva di più era che si potevano ammirare anche dei bellissimi tramonti, e non mancava molto a quel momento.

«Di cosa vuoi parlare, Olga? Ti ascolto», dissi, cercando di apparire calma.

«Ah mi ascolti? Ora sì?», chiese con rabbia.

Era chiaro che Olga fosse furiosa, aveva tutta la merda che probabilmente le avevo provocato proprio sulla punta della lingua, in attesa che uscisse e travolgesse tutto. Dovevo fare in modo che si lasciasse andare, era mio dovere, anche se ero consapevole che tutto quello che sarebbe uscito da lei mi avrebbe probabilmente fatto male.

«Mi dispiace tanto, Olga, non avrei dovuto dire quello che ho detto, è solo che, non lo so, mi dispiace».

«Non lo sai? Un cazzo, Andrea, sì che lo sai, hai qualcosa», mi accusò, «ed è chiaro che tu ce l'abbia con me, non so se è per qualcosa che ho fatto o che ho detto, e quello che mi fa più male è che invece di parlarmene, mi dici solo che non vuoi vedermi o che ti cerco solo per scopare».

«Olga, io...»

«Stai zitta, Andrea, ho dovuto chiedere a un collega di prendere un appuntamento con te per poterti vedere e chiarire le cose, mi stai facendo sentire come una cazzo di stalker, ma non preoccuparti, questa è l'ultima volta che mi vedrai, non ti chiamerò più, né tantomeno mi presenterò nel tuo studio, tutto quello che ti chiedo è che tu mi dica in faccia una volta per tutte cosa ti ho fatto», disse, divorata dal senso di impotenza.

Le lacrime avevano iniziato a scorrere in silenzio sulle mie guance da un po', proprio come in quelle di Olga. Lei smise di guardarmi, era chiaro che non era una di quelle persone a cui piaceva farsi vedere piangere, non che a me piacesse, ma non mi disturbava che lei mi vedesse, perché volevo che sapesse che vederla soffrire faceva soffrire anche me.

Avevo un caldo terribile, sentivo le guance che mi bruciavano e le mani che sudavano mentre attorcigliavo tra di esse la maglietta. Non mi ero mai sentita così vulnerabile e nervosa come in quel momento, ma era arrivata l'ora di prendere coraggio e confessare a Olga quello che provavo per lei, era l'unico modo per cercare di capire perché mi fossi comportata in quel modo. Credo che l'unica cosa che avevo era un'atroce paura di non essere ricambiata e questo mi rendeva completamente imbecille e insensibile.

«Puoi guardarmi, Olga? Per favore», supplicai.

Mi sembrò più bella che mai quando alla fine si voltò lentamente verso di me, il suo viso rosso e bagnato di lacrime, gli ultimi raggi di sole che si riflettevano sui suoi capelli castani. Mi guardò nervosamente, come se avesse paura che dicessi qualcos'altro, mentre avrei solamente voluto abbracciarla e pregarla di perdonarmi, ma prima di sapere se potessi farlo, dovevo darle una spiegazione, era quello per cui era venuta e non avevo intenzione di lasciarla andare via senza. Si strofinava le braccia con le mani come se avesse freddo, mi sentivo incapace di distogliere lo sguardo dal suo corpo, ero come ipnotizzata dalla sua figura. Da quando avevo scoperto di essermi innamorata di lei, quella fu la prima volta in cui mi sentii in pace, vedere come mi guardava in quel momento mi calmò a tal punto che finalmente trovai il coraggio di iniziare a parlare.

«Mi sono innamorata di te, Olga, sono innamorata di te», confessai con un sorriso, sentendomi alquanto ridicola.

Olga mi guardava ancora nello stesso modo, le mie parole non l'avevano scalfita, la sua espressione non era cambiata. Notai che era rilassata proprio come me, attenta ad ogni mia parola, come se ora potesse solo assimilare dati per analizzarli in seguito, così continuai.

«Ora so che mi sono innamorata di te quella prima volta che sei venuta, solo che allora non me ne rendevo conto, l'ho capito quando mi hai chiamato e mi hai lasciato intendere che eri stata con altre. In quel momento, quando l'ho scoperto, sono diventata terribilmente gelosa e ho iniziato a sentirmi a disagio perché ero stata io la causa, ero io che ti avevo incoraggiato ad uscire, a divertirti e ad esplorare, e non so... Poi sei venuta a trovarmi e probabilmente mi aspettavo che ti rendessi conto di quello che mi stava succedendo, credo che in fondo mi aspettassi di vivere una favola in cui tu mi dicevi che provavi la stessa cosa e volevi stare con me. Sono stata un'imbecille, Olga, e sono molto, molto dispiaciuta per tutto quello che ti ho detto al telefono, non ne avevo il diritto, avrei dovuto dirti la verità dall'inizio.

Olga continuava a guardarmi, mantenendo sempre la stessa espressione. Non c'era il benché minimo segnale che potesse indicarmi se sarebbe stata in grado di perdonarmi o meno, se stesse capendo quello che le stavo dicendo o se volesse solamente uccidermi. Era un'incognita che non riuscivo a decifrare, e siccome non sopportavo il silenzio, continuai a parlare.

«So che tutto quello che ti ho detto non giustifica il mio comportamento, ma spero che un giorno tu possa perdonarmi, Olga, non voglio che finisca così, questo non è il ricordo che voglio conservare di noi. Scusa, so che non c'è nessun noi, cioè... vabbe', comunque sia, spero che un giorno mi perdonerai.

Olga annuì, non era un cenno come per dire "ok ti perdono ", era un cenno che mi dimostrava semplicemente che mi aveva almeno ascoltato.

«E' tutto?», chiese, con la voce rotta.

Le mie lacrime ripresero a scorrere, e mi resi conto che il suo dolore era ancora lì, stava ancora trattenendo la voglia di piangere e aveva nuovamente distolto lo sguardo da me.

«Sì», sussurrai, «non so cos'altro posso dire se non che mi dispiace. Non c'è altro, Olga, questo è il motivo del mio comportamento».

Lei annuì e si alzò da terra aiutandosi con le mani.

«Te ne vai? Non puoi andartene così, Olga, ho bisogno che tu mi dica qualcosa, qualsiasi cosa, per favore», implorai.

«Ho bisogno di stare da sola».

Questo è tutto quello che mi disse quando, accarezzandomi affettuosamente la spalla con una mano, mi passò affianco per scomparire nella direzione da cui eravamo venute. Crollai, nel momento in cui smisi di vederla sprofondai a terra e mi permisi di piangere fino a non poterne più. Guardai il tramonto da sola, poi tornai a casa, sentendomi come se cadessi da un dirupo ad ogni passo che facevo.

CAPITOLO 5

<u>Olga</u>

Iniziai a camminare come un robot fino alla mia macchina, che era parcheggiata proprio di fronte al portone del palazzo di Andrea. Una volta dentro fu come un turbine, tutte le sue parole iniziarono ad affollarsi nella mia testa in modo incontrollabile. Quindi era così, si era innamorata di me, non sapevo nemmeno come questo mi facesse sentire, dovevo perdonarla? Non so quanto tempo rimasi in macchina a rimuginare, senza riuscire a collocare le informazioni nei posti giusti, quelli che mi avrebbero permesso di capire ciò che era appena successo. Ero completamente bloccata, non riuscivo a sentire nulla. Credo che in quel momento avrebbero pure potuto picchiarmi che non avrei nemmeno avvertito i colpi, era come se stessi fluttuando in una specie di nuvola. Poi quando la vidi, Andrea era ferma di fronte al suo portone che cercava goffamente la chiave giusta. Questo mi fece sorridere, mi ricordò quel pomeriggio in cui era così nervosa da non riuscire a tirare fuori le chiavi dalla borsa. Finalmente sembrò che ci fosse riuscita, infilò una chiave nella serratura e sparì dietro la porta senza accorgersi della mia presenza. E fu allora che accadde, il mio corpo reagì e iniziai a sentire ogni tipo di sensazione.

La confessione di Andrea continuava a ripetersi senza sosta nella mia testa, e ogni volta mi sentivo sempre più completa, come se le sue parole avessero riempito quel vuoto che non ero ancora riuscita a colmare. Si era innamorata di me, quella psicologa esuberante che era riuscita a tirare fuori il mio lato più selvaggio in un solo pomeriggio mi amava, la domanda era:

provavo lo stesso per lei? Non lo sapevo, non sapevo se quello che provavo per Andrea fosse lo stesso che lei provava per me, ero incapace di metterci un'etichetta, l'unica cosa che sapevo era che la volevo, e che il pensiero che potesse essere arrabbiata con me mi aveva torturato come non mi era mai successo per nessuno.

Dovevo necessariamente parlarle di nuovo e dirle che l'avevo perdonata, che non le portavo rancore. Scesi dalla macchina e suonai il suo campanello senza pensarci due volte, ma nel frattempo un uomo aprì la porta per uscire col cane e io ne approfittai per entrare, mentre sentivo la voce di Andrea in sottofondo chiedere chi fosse. Salii le scale piena di energia, nonostante solo mezz'ora prima sembrava che il mondo stesse sprofondando sotto i miei piedi, e bussai alla porta.

«Chi è?» chiese dall'altro lato.

«Olga, sono Olga», risposi nervosamente.

La porta si aprì immediatamente, ma rimase appena socchiusa, così sbirciai piano piano e vidi che Andrea era in bagno, non aveva chiuso del tutto la porta e potevo vederla riflessa nello specchio. Si stava lavando il viso mentre continuava a tirare su con il naso, stava ancora piangendo. Anche se mi ero ripromessa che non avrei mai più varcato quella porta, misi da parte il mio orgoglio ed entrai.

«Andrea, stai bene?», dissi, non osando entrare in bagno.

«Sì, dammi solo un minuto, per favore, aspettami lì».

«Certo».

Ma non aspettai lì, il suo studio era proprio accanto al bagno e non potei fare a meno di entrare, mi riportava alla mente dei ricordi, alcuni piacevoli, altri eccitanti... insomma, erano tutti belli. Mentre aspettavo, mi sedetti sulla stessa poltrona della prima volta che ero stata lì, vidi quel quaderno rovinato che usava per scrivere le sue cose e senza pensarci lo presi. Era aperto su una pagina ben precisa, e quello che lessi mi fece ridere:

"Andrea è innamorata di Olga fino al fottuto midollo"

"Andrea è una testa di cazzo"

"E anche Olga"

«Che cosa ci fai con quello?», mi sorprese all'improvviso, togliendomi il quaderno dalle mani.

«Quindi sarei una testa di cazzo», mormorai, guardandola dalla poltrona.

«Scusa, non penso che tu lo sia, è solo che a volte scrivo le cose senza pensare», confessò imbarazzata.

«Non scusarti, è vero che a volte sono una testa di cazzo, e mi dispiace di aver guardato il quaderno, non volevo impicciarmi, però l'ho visto lì e...»

«Tranquilla».

Andrea mi guardava come se mi stesse analizzando, come se stesse cercando di scoprire la ragione del mio nuovo cambio di atteggiamento, forse stava pensando che fossi bipolare? Mi alzai e uscii dallo studio, e rimasi nuovamente nel corridoio vicino alla porta d'ingresso. Lei mi seguì e restò di fronte a me, continuando a non capire. Per qualche secondo mi limitai a guardarla, scoprendo che potevo starle accanto senza aver bisogno di nient'altro. Andrea mi faceva stare bene, non avevo bisogno né di parlare né di scopare, potevo starle accanto senza fare niente eppure non avevo voglia di andarmene.

«Perché sei tornata?» chiese, fissandomi.

«Perché prima sono praticamente scappata da quel parco e io non sono così Andrea, preferisco risolvere le cose subito. Non ho niente contro di te», chiarii quando vidi che sospirava profondamente, «tu sei come sei e io sono come sono. Sono venuta solo perché voglio che tu sappia che ti perdono. Non volevo comportarmi così, ma come ho appena detto, ognuno è come è e fa le cose a modo proprio, a volte bene e a volte male, ma è umano sbagliare».

«Grazie, Olga», riuscì a dire.

Fu allora che mi resi conto che in quel momento Andrea si sentiva piccolissima e, peggio ancora, fottutamente vulnerabile per essersi dichiarata, e il fatto che da parte mia non ci fosse alcun tipo di allusione all'argomento era come mettere in chiaro che non provavo le stesse cose, ovvero, come darle un enorme due di picche.

«Andrea, riguardo a quello che mi hai detto...»

«Lascia stare, Olga, non devi dire niente», mi interruppe, «non hai la colpa di quello che è successo. Mi è successo e basta, l'amore è così, non sempre è ricambiato, anche se è una merda».

«Senti, Andrea, non posso dirti esattamente cosa sento per te perché non lo so, però so che sento qualcosa, sento qualcosa che mi piace e che mi fa desiderare di stare con te. Forse il problema è che abbiamo iniziato al contrario, scopando prima di parlare».

«Olga, per ciò che ho detto sul fatto di scopare...»

«Andrea, smettila, ti ho detto che è stato dimenticato, voltiamo pagina, ok?»

«Okay».

«Cosa ne pensi se facciamo le cose per bene? Voglio dire, se ci vediamo e ci conosciamo un po'. Non te lo proporrei se non fossi sicura del fatto che mi piaci, non sono il tipo di ragazza che va in giro a dare false speranze. Io non sono una di quelle che si innamorano velocemente come hai fatto tu, magari!, tutto sarebbe più facile, ma so che sento molte cose quando sto con te, e sono tutte cose belle», sorrisi. «Quindi se vuoi possiamo andare poco a poco».

«Lo voglio» fu l'unica cosa che riuscì a dire prima che ci sciogliessimo in un abbraccio.

«Va bene, allora prendi le tue cose, andiamo a cena».

«Guarda come sono conciata, Olga, ho la faccia da rospo», si lamentò.

«Non credo di avere un aspetto migliore, dai, andiamo».

Ora penserete che abbia portato Andrea a cena in un posto romantico, be' no, la portai in un Mc Donald's. Piangere così tanto ci aveva fatto venire fame e non avevamo voglia di entrare in un ristorante e aspettare un'eternità prima che ci servissero, così ordinammo e ci sedemmo in uno dei tavoli all'aperto con tutto il caos che questo comporta. Era pieno di gente e c'erano bambini che correvano e gridavano da tutte le parti, merito del bel tempo che incoraggia le persona ad uscire, ma il rumore non ci infastidiva affatto, anzi, credo addirittura che ci piacesse. A volte dovevamo alzare la voce o avvicinarci all'orecchio dell'altra per poter comunicare. Trascorremmo un paio d'ore tra risate e complicità, circondate da tante persone senza curarci del fatto che fossero lì con noi, perché in realtà non le vedevamo, io avevo occhi solo per Andrea e Andrea solo per me.

Quando finimmo di mangiare, la accompagnai a casa, parcheggiai di nuovo davanti al portone e lasciai il motore acceso mentre aspettavo che lei uscisse. Andrea esitò per un momento, poi finalmente si voltò verso di me, con le guance in fiamme.

«Vuoi entrare?», chiese in un sussurro che riuscii a malapena a sentire.

«Mi piacerebbe, Andrea, ma no, non salgo», dissi, scostandole una ciocca di capelli dal viso e portandogliela lentamente dietro l'orecchio, mentre la fissavo.

«È una punizione? Mi stai punendo per quello che ti ho detto? Credo che in fondo me lo merito», sospirò.

Dovetti fare uno sforzo per contenere le risate che la sua espressione mi suscitò.

«Non è una punizione, voglio fare le cose per bene e si dice che scopare prima dei primi dieci appuntamenti porti sfortuna».

«Dieci? Non prendermi per il culo, Olga, peraltro abbiamo già scopato noi», affermò lei.

«Vero, ma abbiamo scopato quando non eravamo niente, mentre ora siamo qualcosa, no?»

«Sì», disse con un sorriso.

«Allora scendi», dissi divertita, incoraggiandola a uscire dalla macchina.

Andrea si girò e mi baciò con un'intensità che mi sciolse le viscere, dovetti trattenermi dal cambiare idea e pregarla di lasciarmi entrare.

«Ci vediamo domani?», chiese lei, sporgendosi dal finestrino.

«Certo».

Senza dire nient'altro, si girò soddisfatta e cominciò a camminare verso l'ingresso.

«Andrea!» la chiamai dalla macchina.

Si voltò con curiosità e si guardò dalla testa ai piedi come se pensasse che la stessi chiamando perché aveva lasciato qualcosa nella mia macchina.

«Cosa?» gridò, storcendo il naso perché non le mancava nulla.

«La prossima volta che salirò da te non sarà per scopare, ma per fare l'amore».

Non ero abbastanza vicina per esserne sicura, ma direi che Andrea aveva smesso di respirare, soprattutto perché proprio in quel momento il suo vicino di casa stava tornando da una passeggiata.

«Scusa», sussurrai, supplicando con le mani mentre mi scappava una risata.

Andrea si avvicinò con decisione alla mia macchina, la aggirò fino al finestrino e appoggiandovi i gomiti, con gli occhi fissi sui miei, mi disse:

«Domani ci incontreremo quattro volte e dopodomani cinque che, insieme a questa di oggi, saranno dieci. Dopodomani voglio che tu faccia l'amore con me tutta la notte», affermò con sicurezza.

Dopo di che mi baciò di nuovo e se ne andò, facendo sì che le ore che mancavano per rivederla mi sembrassero un'eternità.

FINE